藏身

凌明玉——著

目次

1 小偷女孩和看不見的女孩 5
2 有無尾熊的地方，還有木瓜女孩 21
3 詐欺犯和女博士 39
4 黑戶口的無尾熊 59
5 偷來小貓捲尾的時間 71
6 看不見的選擇 107
7 只有祕密能交換祕密 121
8 無尾熊與看不見的女孩 137

9 看不見就不在乎別人怎麼看 149
10 無尾熊好像也看見了什麼 175
11 真正的遺棄是什麼？ 195
12 只想看見自己想看見的 217
13 如同眼睛看不到的東西 239

需要的時候，誰在你身旁？ 崔舜華 257
——專訪凌明玉

後記 看見了什麼…… 267

1 小偷女孩和看不見的女孩

偷東西時，她沒看見。

紫色的鋼珠筆，透明筆管，握位處有一圈霧面橡膠，中指和食指摩挲倚靠著橡膠，像是接觸什麼溫暖確定的小動物，佳韻不自覺感到安心。不知不覺，已經將筆順手放進外套口袋。

一抬頭，她仍筆直地看著她。

佳韻立即緊握那支筆。不到五十塊的筆，彷彿多出一根手指，牢牢地被圈在拳頭裡。

還沒走出書店，不算偷。還沒結帳，先放在口袋，還是偷吧。

惡行形成念頭，就有了形狀與氣味。林佳韻知道，自己總是忍不住。

她依然凝視著她這方，像是很久之前就認識彼此的那種看法。

佳韻甚至發現她在微笑，這讓人感到失禮。她想，是自己沒認出她是小時候的鄰居、小學或國中同學？畢竟，高中畢業後便離開靠海的家鄉，佳韻真的不記得，她是誰？

決定暫時將視線移開。她不看她。

如果裝作不在意，對方應該會停止關注。佳韻再次偷瞄她，眼睛很大，皮膚白皙，穿著剪裁俐落的長版短袖襯衫搭配牛仔褲，感覺手腳很細長。

佳韻並未因她焦灼的注視而感到畏懼，也不打算將筆立刻放回塑膠分隔架。如果可以偵測真假，像是測謊的機器有線路連接胸口，心跳，空氣，聲音，有個數字正在頭上快速跳動，這個數據，告訴對方，自己在欺騙她。

她還定定地看著她這邊，儘管有兩個書櫃的距離，卻有個空洞塌陷在中央。佳韻想，難道她正在等待她的下一步。

「呼……」

佳韻不知為何要深呼吸，但目前只能這麼做，才能安撫自己的手。

她像聽見她心裡的聲音，微微側身，轉向書架，右手伸進掛在肩上的長型帆布包，取出一截白色棍子，不，是輕巧抖開，宛如抖開一條絲巾。

白影晃動，佳韻不由眨了眼，它瞬間成為一根細細長長的手杖，依偎在她瘦長的腿邊，妥貼的往前點了點地。彷彿，那是她的另一隻腳，的篤的篤，確定的，敲響書店的木質地面。
她筆直地朝著她的方向走過來了。
這時可以呼吸嗎？可以說話嗎？
佳韻有些慌亂，右手還忐忑地窩在口袋，猶豫的雙腿，不知該往前或退後。
沒有太多思考下一步該如何的時間，白手杖比她還要快一秒抵達佳韻的位置，幾乎下一個點，便要點到她的藤編涼鞋，幾乎要戳中腳趾那個瞬間，佳韻本能往後退了兩步。
此時她才發現，對方的手杖不是通體純白，最末一截是紅色。佳韻迅速讓出空間，她便顧自往前走，像是早就設定好方向，沒有任何遲疑。
佳韻鬆了一口氣，至少自己偷東西時，她沒看見，這很好。接著，又下意識捏緊口袋裡的筆，思索著，接下來，該怎麼面對她。
「小姐，需要幫忙嗎？」
後方傳來明朗的男聲，穿著灰色圍裙的店員，邁著大步過來，剛好停在距離白手杖一步的位置。
她，看不見？

「欸……」不能歡呼，但佳韻的嘴，還是不能自制，微微發出聲音。

高大男店員適時解除佳韻的緊張，為了讓他協助她，佳韻本能地往旁邊移動兩步，並順手拿起擺在牆上排行榜的書。

佳韻不知自己為何想留在這裡，感覺處境有些窘迫，店員在身後，她仍停在原處。此時，她看不見她的正面，有點燥熱的氣息一縷縷從胸口湧上來。

胃和筆，隱藏在口袋，糾纏著，輕輕晃動。肚子有點悶，頂到胸口的悶。

「噢，我想買一本有聲書……」

聲音和她的腳步一樣輕盈，甜甜的氣音，每個字都像她點地的手杖，清楚明白。話語卻又忽然中斷，靜止。彷彿打上高空的焰火，落下流水線條，消逝於黑暗。約有幾秒鐘，佳韻看著店員的側面，嘴唇欲動，他們都有些不耐煩。

那種打水漂的說話方式，每一句，像是她的恐懼，她不確定，又必須很確定，對方真的接收到她的訊息吧。佳韻忽然想起很遙遠的一些回憶。

靜止，是聆聽，也是等待訊息傳來，她才能繼續說下去啊。佳韻不自主將她當成採訪對象，推敲她的想法。

「有聲書……」男店員皺眉，眼珠快速轉了一圈，似乎不懂她的需求，又問，「小姐，有聲書是附有CD的書嗎？妳想要哪一類呢？我們這裡有學日語或美語的有聲書，或是相聲瓦舍的？」

「噢，不是這些。我要的是一本小說的有聲書，是《紅樓夢》。」

這個氣音，她順口拋出來，像是一陣香氣，乾淨，甜美。還有一些堅定。佳韻不由得閉上眼睛，琢磨她的聲音。

看不見，是不是每句話都經過萬千思慮，因為無法判斷對方的神情，只能掌握自己的想法。她的聲音，讓佳韻想起有些女孩，動不動一堆輕率的語助詞，嗯，靠，幹，啊啊啊……也是有些愛說噢的女孩，比不上眼前這個看不見的女孩，那是雜誌社發案子給佳韻的女性主管，做作又高傲，是個公主病。

店員聽完顧客的要求，說是得去櫃檯的電腦查進貨資料方能回覆。佳韻隨即轉身，從書架間的通道繞行到翻譯文學那櫃，瞬間，她與她已面對面，隔著五尺高的書櫃。

她仍站在原地，手中的白手杖略為神經質地左右點頭，像測不到方位的指南針，一直微微晃動著。

不說話的時候，她的眼睛還是凝視前方，彷彿視線直接穿過那幾個背著書包的高中生、推著嬰兒車的少婦、戴著鴨舌帽的中年男人、新書平臺、雜誌區、文創商品、結帳櫃檯、玻璃門、騎樓、行人、馬路……她的眼睛，看起來很清澈。

盲，這個字，是眼睛死掉的意思，佳韻實在不想稱她為盲女。她的眼睛不像看不見的樣子。

她專致唯意等待著答案，佳韻發現她不像自己所認知的盲人，眼球上總覆著一層霧。

店員忽然迅速地快走過來，似要領著她前去櫃檯，她收起手杖，嘴唇掀動說了什麼，店員有點手足無措，不知要往前走還是停下來。她倒是堅定握著對方的手肘，指揮他在前，她隨後。

不知道店員找到她要的有聲書了沒？佳韻對這個女孩很感興趣，不過想起到書店來不就是要確定一件事，便走到另一架上翻看當月出版的雜誌。發現採訪稿果然被主編改掉標題，內文也更動幾處敘述，這些意料中事，她毫不在意。

那篇不痛不癢的人物專訪，寫完也就忘了。最重要的是改了幾次的長稿，終於順利刊登，至少下個月有稿費進帳。

佳韻的心情比剛進書店前輕盈許多，手下意識伸進口袋，想了想，又繞回原來的文具區，掏出筆，放回一堆紫色中性筆的框格，輕輕撥動，它們立即親熱地彼此摩擦，好像從來沒有離開過那樣。

準備離開書店時，看不見的女孩正在櫃檯摸索著有聲書的書盒，擦身而過捕捉了語意，約莫是想要試聽光碟片，希望拆封。

女孩不確定的手指，摸索著不確定的物體，急切的手指，彈奏著，確定，不確定，揮之不去。

●

看不見的感覺是什麼？

是黑暗的隧道，還是寂靜深海……啊，是夜晚空無一人堆滿雜物的地下室，無法辨別上下左右，以及整個空間置放物體的狀態，或是一條幽暗隨時有狐狸、山豬、獼猴出沒的山路，充斥著各種無法辨認的聲音在山谷迴盪吧。

離開書店，佳韻沿著長長騎樓漫走。地面宛如百衲被鋪排著人們的匱乏，需要與不需要，都在一條路上展開。

販賣手機外殼和服飾襪子皮包的小攤，滷味與壽司捲的手推小車，一兩個店員站在商店門口笑容可掬遞來特價優惠的宣傳單……還有高高低低的臺階和緩坡，錯落其中，如果看不見這些，該怎麼走？

也不是不想回家，只是忽然襲來沉重的無力感。佳韻辭掉正職後，沒工作的時間多到四處漫溢，要不渾渾噩噩去圖書館找資料，要不強迫自己去咖啡館寫點東西，她逐漸發覺無力感類似無病呻吟，一開始還有點罪惡，後來不事生產好像已經理所當然。

可是，還能逃到哪裡？沒有退路了。

像我這種人也沒有放空的權利，這兩天本來有個採訪要做，但不論是電話、郵件和簡訊，對方完全沒聯繫，該交給雜誌的稿子也沒寫，這個月的房租肯定還要東拼西湊，這樣的人，哪有從現實逃離的資格。

在臉書上發了動態，等紅燈時，有九十秒，足夠發洩厭世的情緒。才將文字送出，發現之前發稿給她的主編居然立刻按了哭臉，她氣得關掉手機立刻離線。

走到下個街口的咖啡館，瞥見落地窗的雙人座位空出，佳韻毫不猶豫推門進去。這個空洞，彷彿剛好等著她，在這時間剛好容納了她。

不想回家。或許還有點零錢可以為自己點一份簡餐，她默數皮夾裡幾張百元鈔。

摸摸手寫菜單浮凸的顆粒，水性顏料寫意勾勒出菜色輪廓頗有意趣，比起照片，圖畫的確保留了想像空間也傳遞剛剛好擬真的效果。就像她採訪過某知名企業家，堅持從頭到腳亮出名牌的品味，連便條紙都打上自己設計的浮水印，她裝作看不懂那圖騰連藝術都稱不上的層次。

看不懂，只要微笑點頭絕對沒錯。想不到企業家故作閒淡地說無聊時隨便畫畫，居然還有出版社要他寫書談成功經驗。她那時才了解，有錢有閒的人玩的東西，不可隨便用藝術來涵蓋，簡直是汙辱這兩個字。

「唉。」窮人最擅長的是嘆氣，這點她倒是很確定。

佳韻將後背包丟在對面座位，取出筆記本，才發現，沒帶筆。順勢拿起桌上顧客意見調查表夾板附上的藍色油性筆，握把處也有一圈橡膠，說不出的粗糙感，像是一直等待她點餐的工讀生，戴著雙層假睫毛的眼睛，遮蔽了眼光，讓人覺得不夠誠懇。

誠懇，很容易假裝嘛。她專注地盯著對方，一兩分鐘，沒什麼難度。

每個採訪對象，都是陌生人，從零開始，她一個字一個字，美化對方，或是馬賽克。沒有什麼是絕對真實，說出口的都不算，沒有說出口的，也不見得就是真相。

「一份煙燻鮭魚班迪尼克蛋。」她整天沒吃什麼東西，這算是下午餐吧。

「附餐飲料要什麼？」

「黑咖啡。」

雙層假睫毛抬都沒抬，沒有表情，收好菜單夾子，扭身往餐檯走去。她不過是眾多顧客之一，即使工讀生媚笑也是虛偽應付，就像班迪尼克蛋也只是火腿荷蘭醬與水波蛋的組合，取個班迪尼克的名字詐騙食欲罷了。

她盯著雙層假睫毛生氣，不久又覺得好笑，遷怒他人採訪稿也不會自動寫完。兩個月前幫雜誌社救火，寫了十頁人物專題稿費也不會提前轉入帳戶，打電話去問說是上面臨時調整內容，抽掉了，下個月再塞進去刊登。人家說得理所當然，多說什麼也是自找難堪，她只好草草收拾要債嘴臉，乾笑兩聲掛上電話。

若無其事坐在咖啡館，路過的行人有意無意飄來目光，佳韻想自己看起來應該像是尋常的大學生。不會有人知道她剛才正試圖偷一支筆，連雙層假睫毛也不可能察覺。

她仔細思索，上次偷東西是雨天，大約半個月前，嚴格來說，不算偷，算撿吧。

記得和同事交班結束，走出便利商店傍晚的天空黑壓壓，頃刻大雨如注，沒傘只好等雨小點再跑回家，驟然發覺騎樓停放的那排摩托車底下傳來嗚嗚嗯嗯的聲音，一團棕色毛球蜷縮在排氣管下方瑟瑟顫抖，一隻小貓。

毫無意識，她像大腦斷電一片空白，回過神來，手裡已長出不屬於自己的物事。一個魚罐頭。

小貓伸出粉紅舌頭，一口一口舔去蓋子上沾黏的肉泥。她不記得自己衝進便利商店拿了罐頭，但不曾結帳便謂之偷盜。同事飄來困惑眼光，卻什麼話也沒說，隨即又忙著做咖啡幫客人結帳。

隔天和同事交班，立即被店長詢問前一日的帳目短少，那數字恰好是一個罐頭。她臉色赧然地補上差額，疏忽過錯沒結算全都攬到自己身上。

佳韻明白僥倖不會一直降臨，只要她還無意識竊取這世界多餘的東西。她覺得自己順手取走的只是多餘的東西。那些物品是插在商店門口傘桶的傘，擺在餐館桌上的原子筆，有次是比較誇張，以前雜誌社同事有多出的音樂劇招待票邀她去看表演，不知不覺已將洗手間的面紙盒整個裝在袋子裡，她也感到驚訝究竟是何時將這盒子帶走，氣得一手捏扁紙盒。同事狐疑地打量，也不問她緣由，吞下了訕笑的話。

後來採訪小組便流傳著她的精神狀態很輕飄，主管有意無意要她別走火入魔記得去就醫。一個月看一次診，身心俱疲，後來她就不願意再去。

一次次承認失敗，很痛苦，彷彿是被社會揀選出來有瑕疵的人。醫生總是說，別這麼想，只要是人，都有缺點，妳是心生病了。她望著潔白乾淨的年輕醫生想著，這病不在你身上，你看得見人心有病，別人可看不見。

今天又管控不了自己的手，她平靜地注視著手指，又嘆了口氣。花了錢奢侈地來咖啡館需要有產能才行，打開採訪筆記，正想整理資料，電話來了。

手機顯示無尾熊的側臉，側邊剃高一半青白，綁著小馬尾，他說這張照片帥慘，最像文青。

「幹嘛啦。嗯……寫稿啊。拜託……不會自己出去吃喔。好啦。回家再說啦。」

他的本名是吳偉進，但字太潦草，寫「進」的時候非常隨意，被老師念成吳偉雄，他也不以為意，後來同學們都叫他無尾熊，一輩子擺脫不了。

他個性就是溫和過頭，從來沒想過，自己可以推翻自己。這也是佳韻討厭他，卻又喜歡他的原因。

高中三年，她承認從未正眼瞧過無尾熊，正確來說，是瞧不起他……但是兩人還是陰錯陽差在一起了。

如果沒有那次，她在家附近巧遇另一位高中同學，心血來潮約了吳偉進來頂樓吃火鍋，警察卻忽然上樓臨檢，說是有人檢舉這裡發出像塑膠的拉K臭味。她還記得那天警察敲門剎那，他嚇得竄上床，窩在被子發抖，連床架都輕微搖動起來。

後來，他才吞吞吐吐……犯了詐欺罪，或許已經被通緝了。

這件事，當晚在高中Line群組轟地炸開，熱中八卦的群眾換成瘋狂臆測有的沒的老同學，什麼童稚純真同窗情誼都是屁。此後，她就非常厭惡同學聚會了。

他認真地說他現在沒有朋友，但是，他可以信任她。那誠懇的眼神活像在求婚。

她這個人值得信任的理由是什麼，實在不清楚。

不過是聽完他被朋友誣賴不還錢，還跑去法院告他詐欺，她忍不住跳上床鋪大罵，「你笨啊，叫你簽本票你也簽，現在還不出錢，又不是一輩子不還，居然去告你——太沒義氣了。」罵完又覺得他們還沒那交情，挺他挺得莫名其妙。

「都說賺了錢要回家鄉買地蓋房子，住在一起啊。沒想到……義氣？真是電影演出來的。」叼著佳韻抽的涼菸苦笑搖頭，他倒是抽得很順口。

佳韻將菸咻地從他口裡抽走，大咧咧放進自己嘴巴，拍拍他的肩說：「算了啦，真正的朋友是什麼，你永遠不會知道是什麼，和錢扯上關係，你才知道什麼是朋友。」

她當時也不知自己為什麼一副有情有義有肩膀，絕不是為了安慰無尾熊，而是想起跟她爸借錢的那些朋友，在家鄉那靠海的小地方，有誰不知誰的底細。她爸說，缺了這筆錢會逼死人，所以他讓朋友簽了一堆本票還塞在老家抽屜，也沒看她爸去告過誰。

佳韻隨口說完那串讓她再說一遍都不可能太誠懇的話，在他耳裡卻發酵成費洛蒙。

後來無尾熊沒事就跑來找她聊天，也去打工的便利商店找她打屁。這不是愛情，他倒像她的護衛，她和一直打聽她感情狀況的便利店店長這麼說。固定在輪小夜下班接她回家，還有馬桶壞掉電燈不亮，半夜想吃鹹酥雞和啤酒，不論需要什麼，一通電話他就來搞定，不知不覺，他們就住在一起了。

無尾熊衰小的樣子，倒是有點像她爸，這件事她從未告訴過他。

同在小七打工的同事說，「男朋友啊？怎麼畏畏縮縮的，叫他進來裡面坐著等妳，也不要，縮在機車上一直抽菸，看起來好欠揍。」

看得見的人，只想看見自己想見的東西。她忽然想起在書店遇見的那女孩。

她知道他身上背負了什麼，才會成為今天這樣畏縮的人。

就像她愛偷點小東西，他是通緝犯，他們實在是天造地設。但說有多愛他，倒是也沒有多愛。彷彿習慣成自然，就這樣，每天吃飯睡覺、睡覺吃飯，好像夫妻一樣。

2 有無尾熊的地方，還有木瓜女孩

沿著五樓最末十階樓梯走上來，先經過空地，接著是房間。整個頂樓的配置，像躺下的長方形。

底端三分之一是整個公寓的肺，有個水泥砌成的水塔，輸送整棟樓民生泉源，前端是空地，中段是鐵皮搭蓋的兩間房，繞到房間後面是狹小的曬衣處。

吳偉進環顧四周，這不是絕佳的藏身之所，但除了這裡，無處可去，也沒有任何地方值得去。

老宋前陣子給的有機培養土，看來很管用，之前伸展不開扭曲葉脈細瘦指尖般的薄荷忽然瘋狂抽高，每片葉子膨脹成指頭大小。

他喜歡看植物，看多久都不厭煩。佳韻總愛說他，種花悟道確實比那些宗教心靈導師環保多了。他沒領悟多少，倒是發現人和植物的差異，本來快要死掉的花草急救一番，還能活成像是沒有過去的樣子，人，也可以嗎？

老宋待人不錯，住在五樓，年近七旬的老先生，租房不收押金，佳韻說房租晚給也不像以前住處房東索命催魂緊迫盯人。他加進來同住，老宋沒說什麼，也沒漲價。

這世界容不下好人，壞人卻可以活得安穩。最近他老是想著，佳韻啊老宋啊他們太善良，有一天可能會被某個誰欺負的。

他那時真是無處可去。林佳韻是他在汪洋大海漂流多日將要失溫而亡，最後的浮木，若不是她收留，吳偉進此時或許已是垂掛深山老樹的一具乾屍。

佳韻當過記者就是有熊熊火焰正氣，不像他那些哥兒們，只會挖洞給他跳讓他背書背黑鍋，說要創業也是想騙他爸的田產，公司才開不到兩個月就說要增資，怕銀行貸款下不來又說拿他老家房子去連帶抵押……全身上下除了這副身體全被騙光，一點不剩。

為什麼他會這麼相信哥兒們？為什麼從未懷疑過？為什麼大家都說他詐騙卻沒人同情他也被騙？

待在這裡誰也找不著，他可以花很長時間思考這個問題。

他低著頭，雙手伸進花盆挖出腐爛球根，喃喃地說，像是打球算計球友的拐子奧步，在酒店詐妹說他們是連鎖企業富二代，拿著狗屁生機產品去騙三叔公大嬸婆說投資這個穩賺不賠，股票上市後還可以領固定股利……那時怎麼會跟著這些狐朋狗友一起騙人，騙的都還是親戚家人，搞到有家歸不得。

他聳聳肩，說就笨嘛。他停下挖土的鏟子，眼角餘光透過手肘下方縫隙投向敞開的房門，還以為佳韻沒聽到，他轉頭朝肩後角度望去，她盯著筆電的姿勢始終沒有改變。

「我就笨嘛。」又重複了一次，也不知道這樣強調又算什麼。

騙人這回事，實在不能盡怪別人，他覺得多半是自己的錯，他們肯定在背後取笑他低智商。

「唉，吳偉進，你這樣天天耍廢也不是辦法。」

佳韻稿子又寫不下去，焦點又轉到他身上了。她說為了餬口寫出來的字，蒼白瘦弱沒有溫度，整天胡亂翻看那些亂七八糟的資料，沒想法，便找他說說話。

他正在幫薄荷和迷迭香換盆，回了句，嗯，又繼續低著頭，挖著香草植物的根。

通常她寫稿不喜歡房內有聲音，不發一語連抓癢都會影響思考，他便識趣留在小屋子外。這房間太小，一床一桌一座衣櫥，還得勻出一衛浴小間，兩人不上床，這房間就顯擠。

房間主人是她，既然他也分攤房租，租約甲方還寫著林佳韻，好歹也要以她的作息為主，兩人同住不比一人自在，他認為自己到底拿捏得不錯。

想起在宜蘭，兩家其實隔著好幾甲別人的田，佳韻家靠近海邊，高中同學三年沒多少交集，任誰也想不到兩人會住在一起。

住進頂樓後，除卻吃睡，他常待房間外頭，要不種花要不修理東西曬月亮，佳韻有時會說這些興趣需要住在透天厝才對吧。

有意或無意帶刺的話，其實都沒差，或許他連羞恥感都失去了。他知道自己是個失敗者，不必對這世界抱持太多希望。

「你沒辦法在正常的公司工作對吧？說謊的人，要吞一千根針喔。」

看不到彼此表情，始終蹲在水泥地的他，駝背暗影在夜裡顯得很巨大，路燈將影子拉得長長的，覆蓋在占據頂樓三分之一的房間。

他低著頭說，「什麼一千根針？」

「日本諺語。」

「就像妳說的那樣沒錯啦。上班要加勞健保，什麼資料一打進電腦，驗明身分，我這種登記有案的罪犯，立刻會通報警察來抓走吧。」

「真是個愣傻呆啊——全世界就你最守法。」

這話彷彿夜裡嗯嗯的蚊子聲，細小微弱，鑽進吳偉進耳裡，整個身軀都微微震動。

路燈熄滅，夜已經深到城市的光都慢慢退場，只剩下頂樓這盞小燈泡。

他的頭垂得更低一些，影子便跨過女兒牆，匍匐對街，像安靜下來的酷斯拉垂掛脖子休憩在那方。

●

調好鰹魚醬油和味醂比例，加上切細海苔絲，蔥花碎末，他們就著碗窸窣窸窣吃著日式蕎麥麵。

她皺著眉頭不發一語，看起來是生氣模樣。為了省錢，連續好幾餐都吃這包超市打折的蕎麥麵條。他和她，簌簌吸著麵條，空氣凝結成果凍一樣。

半年前，她一個人住，沒人管她吃不吃飯，也不會有人聽她說話，這頂樓加蓋的小房間，一個人安靜打字喝水吃泡麵上廁所洗澡，她說可以整天不說一句話。

現在，打字喝水吃泡麵上廁所洗澡，慢慢的，他總有點不輕不重的小意見。佳韻明顯不是很喜歡，也說不上討厭吧。

「前幾天在書店碰到一個眼睛看不見的女孩，我想起爺爺了。」不知是這頓晚餐過於安靜，還是想打破房間裡汗涔涔的氣氛，她終於開口說話。

「看不見？盲人喔。對，我記得妳說過爺爺眼睛也看不見。」

「以前爺爺也住頂樓，也是這樣悶熱，動、不動都全身汗。如果都沒人上去那房間，他就整天整夜的睡，有沒有吃東西也不知道，但是每天我們會送兩次便當給爺爺，我和爸爸輪流拿上去。」

他窸窣吸進一筷子蕎麥麵，噴濺了幾滴醬汁在領口，眼角餘光瞥見她表情似乎很平靜。初次聽說她有個爺爺，這也不奇怪，以前他們也不是可以談心的對象。

「小時候，一直有個疑問，一走上頂樓，不誇張，才踏上一個階梯，就聽到爺爺叫『韻啊』——為什麼他知道是我？」

「咦？為什麼？啊——聽說盲人的耳朵很尖，一定是……妳走路……太大聲。」他低著頭嘬嘴吸著麵條，語意有點含混。

「才不是這樣，我不穿鞋只穿襪子，輕輕的走，踮起腳尖走，爺爺還是知道是我。」

「一點也不奇怪，會上頂樓不是妳，就是妳爸，要分辨不難啦。」

第一次聽到佳韻這麼詳細說起爺爺。他卻怎麼也想不起來她有個爺爺。

她說完去頂樓幫爺爺送便當這話題就停止，他和她只剩下欷欷吸著麵條的聲音。她和他軟軟的搖晃著身體，吃麵，他屁也不敢放半個，很專心在吃，捧著大碗公像是捧著花盆，遮住半張臉。

半年來，他們不免有小爭執，最終讓步的都是他，佳韻常嚷著「你不喜歡，就搬走好了」，他總訥訥地回說，也不是不喜歡。

「我也可以接受稍微修正。」她還不服氣地補充。

她說會和他同居很簡單，他會做菜，也很會做愛，兩者都讓她享受的男人究竟不多。他想這是讚美。

「還是在家吃飯好，對吧？」他說。

「是這樣說沒錯，不過，我為什麼一定要吃你做的？」

她抽張面紙拭去嘴角的醬漬，揉成團的面紙丟不進垃圾桶，還惱怒地丟下筷子說，「幹嘛一副吃定我的樣子——」

「不一起吃飯，妳就亂吃，這樣不好，對身體不好。」

「沒什麼不好，我好得很。」

兩個人住，像是遺忘另一個人那樣自在，吳偉進發現，並非是多愛對方，絕大比例因為佳韻是個不在乎隱私的人。

這裡對她而言就是花錢借來的空間，如果明天得搬家，家具撿來的全部可以丟掉，一小時就能整理好兩個行李袋走人，她總是得意洋洋這麼說。他和她的情感也是這樣，隨時都可以不算數吧。

滑溜的麵條尾端，不意外又噴濺幾滴醬汁，落在鼻尖和臉頰，他夾了一坨哇沙米進來攪動一番，夾一筷子唏哩呼嚕送進嘴巴，嗆得流淚。

「欸，你知道盲人要怎麼吃麵嗎？」佳韻忽然這麼問。

「嗯……不就用嘴吃……不是這樣嗎？其實我不知道。」

「哈哈，我也不知道。」

她聽見這回答居然笑出聲來，說他倒是很坦誠，連說謊都懶了。

他沒別的長處，凡事不深入思考，也不刻意為誰改變，就算改變也不必為了討好誰而存在，無業遊民就這點自由自在。

她快速收拾碗盤，空出小桌子才能進入工作狀態，一天不知要說幾次房間實在太小了。吃完晚餐，洗完澡，像是無話可說的夫妻各做各的事。

他蹲在房外的空地修理摺疊腳踏車，看不見她的表情。這爛車是有回佳韻去採訪自行車業者，人家丟在門口，看起來是要報廢的，想說修修可以練身體，修起來卻沒完沒了。

他起身進房間從冷水壺裡倒了杯水喝，佳韻打開電腦想寫點什麼卻怎麼也無法集中精神，電子信箱開了又關、關了又開，按下重新整理數次，看起來像在等待誰的信件。他不是刻意偷看電腦畫面，經過時忍不住就關心她在苦惱什麼。

「沒信就沒工作啊……稿子不登，之前的稿費也沒入帳，這個月房租啊……」

果然沒多久身後就傳來喃喃自語，任何聲音在夜裡總是被乘以倍數放大，想裝作沒聽見都不成。

「這個月沒問題啦。我打工的地方挺準時發薪資的。」

他打的工都是可有可無的臨時工，也不知道她聽見沒有。關於省錢，他這輩子就屬這一年最摳門，這臺丟在店門便宜賣的二手車，他跟老闆殺到五百塊成交，想說修修好歹可以代步。騎過兩次，第一次是整個腳踏車快散了，沿路一直發出莫名其妙的聲音，最後一次是椅墊鬆掉還突然飛出去，最後爆胎收場。

推車去給單車店修，老闆勸他不如買一臺新車，修理不划算。他也不知自己是天真還是蠢，那車看起來是要報廢的爛貨，他還是決定自己慢慢修。

幹——又裝錯了！哇靠——輪圈整個變形到快成五角形……切，什麼鬼東西……只要有空，他總藉著頂樓那盞路燈，借光修車。

說到光，往頂樓另一個房間望去，仍舊漆黑。

如果那邊也開了燈，頂樓不致這麼暗，但是，毫無人氣似的，一片寂靜。

老宋說頂樓加蓋是違章，不好張揚，只隔了兩間房，挺符合他膽小怕事的個性。樓梯口旁那間租給佳韻，靠水塔那間租給木瓜女孩。

他在南部念大學時也租過惡質房東的小房，一層樓不到三十坪隔了十間，一床一桌幾個置物箱，有幾次同學來趕期末報告，一個坐地上，另一個就要上床去，人和物都滿到門口。

頂樓隔間是雙層木板，中間還有角材格架，用材算是有良心，隔音就很抱歉，鄰居說什麼，還可以隔牆對話。他初次聽到佳韻和隔壁的木瓜女孩借衛生棉，驚訝地張大嘴，久久說不出話來。

他壓低聲音和佳韻說，「幹——愛愛的時候不就全程直播了。」

她大笑著點頭，還歪過身坐他腿上說，不只做愛，大便放屁吃飯喝水，隔壁全都記錄並做好報表，統計每週每月次數，木瓜還會拿來給她簽收呢。

他知道佳韻喜歡信口瞎編鬼話，還不以為意捏捏她鼻子說，幹嘛叫人家木瓜，又不是八卦雜誌愛爆料的木瓜霞。明明那女孩子看起來很溫柔，只是胸前很偉大，是不是嫉妒人家身材好才這樣。

話一出口，吳偉進就後悔了。他聽過當兵的同袍說，絕對不能在女孩子面前維護另一個女孩子，這是大忌。

「你是腳底板看到她溫柔婉約？身材好個香蕉芭樂，整個人瘦得兩隻腳都撐不住，男人眼睛都只看得見那兩顆啦。不是木瓜是什麼，西瓜嗎？」

吳偉進的耳朵被她揪住，佳韻不自覺嘴臉變成木瓜霞，他得忍住這句話不能再說出來。

半年來，他也沒見過幾次那女孩，瘦瘦高高，老是彎著腰，真的很像那棵扔在水塔旁邊的木瓜樹。

不知是誰沒養大的樹，結了兩個果，一手可握的果子，被麻雀吃得乾枯有如骷髏頭，張著黑黝黝的空洞，她那大腿都還沒木瓜樹枯瘦的樹幹粗呢。

記得那件事是上個月某天下午發生的，當時很悶，天空繃著臉，也不痛快大哭一場那種悶。

她說有兩個管區警察來查戶口，一高一胖，活像七爺八爺，他們在房間怎麼走都會撞到床鋪。佳韻轉述這件事時，還拍著胸口說實在好險哪。

吳偉進那時剛好去買工作手套和零件，一時半刻不會回來，她想至少可以瞎編一些故事騙騙他們。腦海轉著幾個故事橋段時，八爺警察聽了意味深長看她一眼，忽然七爺警察敲敲她的窗門，探頭進來說，隔壁那女的有在，直接去抄她。

直接去抄她。這句話當然是對八爺說的。八爺立即衝到門口，她也屁股著火般從床上彈起，跟在身後像個八婆伸長脖子看他們到底要幹嘛？

他們一下子就鑽進木瓜女孩房間，緊接著，聽到七爺還是八爺大喝一聲，出來——木瓜女孩走出房門，頭低低的，面色蒼白，穿著貼身背心的她，更瘦了，胸前的乳房顯得更碩大渾圓。七爺示意她將雙手舉高，身體靠在牆上，他用警棍隨意撥撥她頭髮、大腿外側和內側，要她踢掉拖鞋，他想看看腳底板。

佳韻好奇地將視線投向她房門方向，兩間房距離實在太近，她只要站在自家門口就能望見她的窗。她想起來了，幾乎沒見過木瓜女孩開過窗。八爺大肆地翻箱倒櫃，衣櫥裡每件衣服都拉出來，衣褲抖開，連口袋都掏出來看，幾個抽屜被拿到屋外倒扣在水泥地上，信件零錢髮夾隨身碟ＵＳＢ線會員卡……散落一地。

最後，他們拿美工刀從她床墊割開一道長長裂口，搜出幾包白色粉末，當場就把木瓜女孩帶走了。

聽完佳韻鉅細靡遺的敘述，他也不知該說什麼，心神很渙散，只好回應說幸好要抓的是毒品犯，住這麼近根本不知道她在吸毒，該不會連空氣也被汙染了。

「你覺得她很髒嗎？」佳韻忽然安靜下來，盯著他的臉這麼說。

「不是啦。我沒那個意思，沾毒不好啦，毒癮很難擺脫啊。」

他想，不只毒癮，像他這種扶不起的阿斗也很難擺脫。

此時，他發現佳韻別過臉去，房裡有股低氣壓。

這件事過後，她也沒再說什麼，還是一樣過日子。

如果說，兩人什麼微妙的變化，大約就是木瓜女孩消失之後。

表面上看起來沒有改變，但是所謂神準第六感他也是有的，總感覺她不再是以前的林佳韻了。

●

木瓜女孩被抓後，那房間就這樣空著，他也不曾想要搬進去。

吳偉進還是經常蹲在房門口，望著門窗緊閉失去主人的房間，喃喃地說住起來一定很悶，木瓜整天窩在床上吸毒還能活真是奇蹟。

有次他聽到佳韻問老宋，房間還要租人嗎？

「不租了不租了，空著好，小倆口吵架，把男人趕到一邊去，多方便。」

老宋上來頂樓聊天時，還會有意無意說，小倆口想吵架可以吵個痛快，反正他耳背什麼都聽不見。

「誰吵架啊，老宋，我們不吵架。」他不知哪來的怒氣，故意這麼說。

明明他們吵得可凶狠了。畢竟這個關係隨時可以不算數。

「吵架啊，誰和老宋吵架，穩輸——」

若說老宋有什麼不好，就是耳背，同樣的話，說了又說，五句只進耳半句，這半句還是聽錯。老宋平日安靜，倒是電視成天開著，最大音量那格，早中晚都鎖定新聞臺。頂樓房間小，放了小飯桌和筆電，就容不下電視，也不需要。所有國內外大事，都從五樓往上傳送。

大概是耳朵不好，鼻子特別好，上面煮雞湯或烤香腸，立刻無縫接軌輸送氣味，不一會，老宋必然晃上來有意無意閒扯幾句，再繞回主題，「今天煮啥好料？老遠聞到，肚子饞蟲都暈了。」

少了一個感官，其他感官會特別發達吧。老宋的鼻子大概就是長在頭上，時時打開天線。

「老宋實在厲害，今天湯頭是雞骨架加牛番茄熬的，便宜又大碗，我都佩服自己了。」他將晚餐餘下的半碗湯呼嚕嚕喝完，得意地挑挑眉說。「但防守失敗，還是被幹走一碗，切——」

「欸，幹嘛這麼小氣，分人家喝又不會少塊肉。」佳韻噘著嘴呶呶說道。

吳偉進搖搖頭，嘖的一聲，反對或抱怨，沒法多說什麼。他看似忝不知恥的巴著佳韻，到底還是個男人，還是愛惜臉面，不能被所愛之人看不起。

住在一起快半年，他發現佳韻的個性實在不切實際，收入少得可憐，便利店打工變主業，經常被拖欠稿費的兼職採訪工作簡直是副業。

有時他忍不住說她兩句，她便振振有詞說不是不在乎錢，而是沒法在乎。

這月交稿，下月刊登，稿費最快也要再過一個月才會進帳，從展開作業到拿到稿費通常是兩個月之後。幸運的流程是這樣，通常不幸的時候居多。她說有個同行比她還慘，跟出版社合作某個案子，從寫稿到完稿被業主嫌這改那刁了半年，請款又拖了兩個月，好不容易拿到支票居然還是半年期票。她說自己這樣不算最慘。

「幹——當你們是仙女，喝空氣就會飽嗎？」

他忍不住訐譙，這社會真的有病，光會欺負認真做事的窮鬼，然後窮者越窮、富者越富，變態嘛！

他總是看著她蓬頭垢面胃痛熬了幾夜，好不容易寫完人物專訪，還不算上採訪時間，雜誌社說稿擠或是臨時有個什麼上流紳士名媛鹹濕八卦插進來，嘔心瀝血的稿子就被擠到雲深不知處。

吳偉進很想說些安慰佳韻的話，喉頭卻一陣乾啞，他覺得自己實在沒資格期待明天，也沒資格讓人期待。

「唉，只怪妳男人太沒用了……畢竟，通緝犯，隨時都可能被抓去關，這樣的人，還能要求別人怎麼樣。」

今天他又這麼說了。體內好像有個生理週期，比佳韻的小紅姊還準時，每個月都會發作一次，頻率很好計算，大約是月初繳房租的前幾天。他不知道目前還有資格談情說愛嗎？甚至他也不清楚這到底算不算愛？

「你還要繼續這個話題嗎？你認為我看不起你，現在就滾吧。再見，不送──」

他靜靜地蹲在幾個花盆旁邊，像這棵要死不活的馬拉巴栗，渾身僵硬，只有他及肩的長髮飄動著。植物是不會說話的，上次他們爭執過這事，那是佳韻不清楚植物的心……連那些盆栽都活得比他理直氣壯。

每次吳偉進提起莫名其妙被通緝的事，佳韻總惱火地撂狠話甩上頂樓的鐵門，登登登跑下樓，她尖聲喊著，「你不滾，我先滾行了吧。我真的很害怕看到你害怕的樣子。」

她的腳步聲越來越遠，最後終於消失了。

有無尾熊的地方，就有個人可以好好抱著她。他想起佳韻曾經這麼說過。

他喃喃的說，是啊，誰不害怕呢。
看著那棵始終救不活的馬拉巴栗，他也很害怕自己也活成這樣。

3　詐欺犯和女博士

佳韻一口氣衝到樓下，有水滴落在臉上，抬頭一望，沒人在澆花。沒人。

無尾熊並沒有從頂樓冒出頭來。他連喊住她的欲望都消失了。

她只猶豫了一秒，立即斷了回頭的想法。

臉上有濕意，真的有雨了。不大不小的雨，路人不急著躲閃，只是步伐加快一些。她記得冰箱空蕩蕩，決定冒著雨到黃昏市場晃晃。

這星期便利店拿回的報廢品不多，她討厭那些東西，他好像吃不膩，還很有興致翻新各種吃法，真是窮酸到快成仙成佛，還說當思一粥一飯得來不易環保愛地球這類鬼話。

雨讓稀落顧客成了商家渴望，本只想買半斤自製油飯，貌似日本電影國民奶奶樹木希林的老闆娘笑瞇眼說，買半斤送半斤，香噴噴的氣味撲面而來真有幾分橫山家之味。試吃一口好有媽媽的味道，雖然她家的螃蟹油飯都是父親做的，母親做過一次她倒是牢牢記住。忍不住說那就買半斤，老闆娘開心之餘加碼又送了兩個紅龜粿。

她很喜歡那個日本導演，大學時代的男朋友也很喜歡，還收藏導演的DVD。這時前男友的面孔突兀地占據腦子，她敲敲自己的頭，覺得漲漲的，像是電腦中毒當機的螢幕。

晚上九點，市場照舊垂掛著鵝黃燈泡，氤氳的街，黃光兀自閃爍顧人肚腹的溫暖。她想想又回頭走到油飯攤旁邊的蔬菜攤，撿了一斤嫩綠茼蒿，唇邊染紅檳榔汁的老闆居然往袋子多塞了半斤。

明明只想買個熟食，每來市場必然失控，無尾熊看到一定又要念她沒有本錢花錢如流水，「好天要積雨來糧」，這句話居然不歇在腦中重播，何況現在還不是好天，是荷包見底的月底。

胡思亂想的瞬間，她瞥見手心緊緊掐著兩顆聖女小番茄？只差一秒吧，就要俐落地以自由落體翻滾兩圈的姿勢滑進手腕上的紅白塑膠袋。

蓄著小平頭皮膚黝黑的老闆忙著為其他顧客秤重和結帳，轉身又拎起紙箱補充著水果，毫無所悉面前上演著偷盜之事。

她的數學極差，約略統計過順手牽羊的天氣或心情起伏，基本上和季節溫度無關，也與喜怒哀樂無涉，通常在不知不覺中已經完成偷這個動作。扒竊集團真的可以考慮收納她為旗下大員。

喔，不，大員擔不起，她總是不成氣候畏畏縮縮地摸走小東西，她精確記錄過想要占為己有的物事，體積不能太大，能夠一手掌握最好，通常是擺在身邊消失或減少也不會立刻發覺。

有陣子熱愛偷筆，有陣子癡迷偷市場的小零食小水果，有陣子偷的都是飾品攤的髮夾。隨手摸來的東西通常在返家路上就會立刻被消滅，大多丟在捷運的垃圾桶或是別人的信箱。

不屬於自己的東西她不想帶回家。

不知不覺，大概就是偷雞摸狗的最高境界。

她經常在驚醒的剎那，將偷來的物品不動聲色放回原處。此刻，她的左手再次回到攤販的水果盤上，輕輕鬆動手指，將兩顆小番茄釋放，也將欲望釋放。

她以為這個病是欲望，要怎麼醫治她還不知道。

偷東西靠運氣，沒被人發現也靠運氣。佳韻仔細思索是曾經當場被揪到的，通常佯裝忘了付帳，急急掏出錢包，對方大多也笑著說，沒關係，人之常情嘛。一次兩次，她倚賴著他人的善意，短暫的罪惡，不足以讓她變成十足的壞人。

她想過，如果在竊取瞬間被抓個正著，她願意被揪上新聞頭條，跑馬燈不停放送「SOHO族生活困頓在超市順手牽羊被捕」，她早寫好新聞稿順便下標，畢竟監視器無所不在，終究會有無處藏身的那天吧。

她從外套口袋掏出手機確認時間，電池只剩五%，匆匆忙忙沒帶行動電源。本來衝出門想隨意走走冷靜一下，電力和金錢都瀕臨絕境。不知怎麼，她想盡快將這堆食物放在無尾熊面前，看他大口吞嚥的模樣。

走到巷口轉角那面反光鏡，鏡子裡的公寓像是藏在漆黑山洞裡巨大沉靜的怪物，投射著房子裡幾盞燈光。

毫不意外，前面兩支路燈又熄滅了。抬頭望向天空，看不出頂樓是什麼情況，電力也不夠打電話。無尾熊不可能出門尋她。害怕暴露行蹤的是他，她卻下意識跟著考慮可能發生的事。

有個人在家等待是幸福的吧。爬樓梯時，這句話閃進腦海。寫出這話的人一定沒被索命連環叩過，才會想像有個人癡癡等著的浪漫。

每次無尾熊內心不爽，也是懶得多說什麼，扭頭就走，一走就是整天整夜。他們早習慣對方忽然消失，像是不需演練的畫面，連情緒也能預知的狀況。

佳韻希望自己不會有什麼心情劇烈起伏。她和他什麼都不是。只是來分租房間的炮友，大可翻臉趕他走。他總是可憐兮兮畏畏縮縮，愧對所有人的賴活，她只是不能任由他隨隨便便的放棄自己。

他怕被條子抓，她倒覺得被條子抓走也沒什麼大不了，該關的牢該還的債，一拍兩散，不是很好嗎？她恐懼的事，是他自尋死路那如何是好？

人鑽牛角尖的時候根本沒法思考，腦子小得猶如麻雀附身無法設想超過一分鐘後的事。她和無尾熊傾訴擔憂，沒想到他卻笑著說，他是無腦麻雀啦，跳一陣歇一陣，到處亂跳，搞了半天還是待在原地，安啦——

想死的人不會張揚，撲通一下就結束了自己。她想起以前採訪過自殺成癮的重度憂鬱症患者，每條橋都跳過，沒跳成還要一跳再跳，警察局的筆錄厚厚一疊。她真的很怕他會變成這樣的人。

佳韻氣喘吁吁爬到頂樓，推開房門，還不到十點，只留桌上的小檯燈亮著，無尾熊居然睡了。晃到床邊瞄他一眼，他縮著身體像注音符號的ㄑ。

她也不戳破這假裝睡著的戲碼，先將在黃昏市場買的食物全丟進冰箱，拿出油飯挖了一半裝進馬克杯，坐在床沿，用湯匙一勺勺送進嘴裡，她從不吃消夜，此時卻覺得餓。

不知過了多久，他翻過身來，揉揉眼，含糊著說，妳回來啦。欸，怎麼用杯子吃，懶惰鬼，連個碗都不拿。隨即，他的右手已橫在她胸前，側身一翻便將整個人摟過去，馬克杯差點滾到地上，推擠之間，問他，洗澡了沒？

「沒啊。等妳啊。」

「屁咧。我才不信。」

「欸，妳寫文章的人，整天屁來屁去，很沒水準。」

「在床上談水準要幹嘛啦。」他伸手穿過她的長髮撩起來，舌尖在她耳輪旁蛇信般蠕動，「好……關燈。」

佳韻隨手拿起一支衣架，用彎角，往桌上檯燈開關使勁一按，房內原本蛋黃色的光線立即被窗外的黑染成一片，灰暗色階，還可以辨認輪廓的影子，過了兩三秒開始浮現。

室內黑濛濛，不必猜也知道他正盯著她的鼻梁骨。

他說愛她的鼻子，那裡有突出一小階的斜坡，他曾在那斜坡上放過一個鈕扣、一塊銅板、一張面紙……有一次是一個字。

「喂喂喂，太過分了，癢死了……不要玩了——」佳韻尖叫起來。

「我寫個字，好，別動……最後一劃，好了。」

「神經，寫啥啦？」

寫「進」，他的名字，如果可以，他想坐在那斜坡上的小階梯，跟著她去任何地方。同住快一年，那次是他說過讓她心跳加速前進的幾句話。

那時，佳韻立即吐點口水在手指上，用力抹掉那個字，大叫噁心死了，便衝去洗臉了。

還有一次，去鬧區閒逛看到刺青店，他開玩笑說，來刺青吧，他要刺個「韻」，她不介意的話可以刺個「進」。

「拜託，我超介意——人家刺青也要刺個蝴蝶飛舞還是猛虎出閘，刺什麼名字，聳斃了。」

後來就再也沒有了。有的只是，偶爾太早醒來，他也剛好醒著，會發現他正呆呆望著她的鼻子。

「欸，夜市那邊新開了日式炸豬排店，領打工費就去好不？」黑暗中佳韻這麼說。

「好啊，去吃。這種小事。哼。」

他可能以為她沒聽見，那個很小的從鼻孔發出的，哼。如此脆弱，像是他們的關係。

有時，她也讀不出他內心真正想說的話。

想起那天下午在書店碰見的女孩，側著臉和店員說話的樣子，耳朵如果有眼睛，那時肯定眨了一下，像是請說話的人再說一遍。耳朵是她的眼睛。

佳韻下意識彎折耳朵上緣柔軟的部分，這時手機突然響起搖滾音樂的來電鈴聲——現在都是Line和臉書私訊，到底誰還打電話，若是有，通常都是有需要救火的……

工作？意會到可能有工作，她從床上跳起，差點將手裡的馬克杯翻倒，她開心地滑開手機通訊。

「總編，您好……嗯……明天，好……了解。」

無尾熊舉著油膩膩的馬克杯，朝她走來，作勢用油飯抹她的臉，佳韻快速閃身躲開。

「對方是盲人？嗯……好，我會注意。」

他聽到盲人兩個字，刻意瞪大雙眼，歪著頭，然後又閉上了眼，轉開水龍頭洗手。

「欸，盲人怎麼分辨導盲磚的方向？每次走在行人道我都會想這件事。」

「不知道啊，我從來沒想過……蹲下來用手摸嗎？」

這個回答讓佳韻忍不住捏了一下無尾熊胸膛激凸的奶頭，笑著說，盲人的眼睛也是手沒錯，他們要分辨男女只要聽聲音就可以，難道每個人都得摸上一把。

「說得對，不能什麼都靠摸來摸去的，這樣盲人實在太享受了。」

「嘖嘖，話從你嘴裡吐出來怎麼就是猥褻。」

「好啦，我嚴肅正經的說一下，看不見的人，手指要當成眼睛，看得見的人，輸了啊，我們只有兩個眼睛。」

佳韻不知道無尾熊為什麼這麼理解。不管眼睛長在哪裡，只要能看清楚黑暗，就是有用的器官。很多看得見的人，擅長睜眼說瞎話，她採訪過很多名人政要張嘴就是一個謊，一個謊需要更多謊去裝飾，連她這麼淺薄的人都懂，他們卻甘願蒙蔽自己的心。

也不清楚為何要採訪盲人便想起這些，她非常討厭寫那些虛偽的人，偏偏身不由己必須為他們說故事。

佳韻在手機的行事曆默默輸入了採訪對象的名字和號碼，陳雨萱，很可愛的名字，她不禁開始想像她的模樣。

•

住在頂樓的好處是洗個床單或厚重牛仔褲，半天就乾透，還會散發陽光均勻塗滿卡士達醬那樣的香氣。

住在頂樓的壞處也是一天超過十小時覺得自己是隻烤鴨。佳韻踢開身上的薄被，揉揉眼，整個房間烤爐一樣蒸騰熱氣。無尾熊說過，如果還能翻面再烤，不出門賴在這裡，不用一星期，也能曬得像工地做雜工的外勞，說不定還比較能找到零工。

他說有朋友介紹去工地做些零碎的工作，日領現金，雖沒勞健保，這樣也好，他說心安理得。

到底是什麼朋友，她也不想多問，但無尾熊居然還相信朋友，是不怕再被人詐騙，還是反正他口袋空空也沒人想騙了？

沒有正職的兩個人，有事得做才起床，睡到將近十點便省略早餐。如果佳韻排便利店晚班，午餐各自打發，下午就東晃西晃。她比較常去圖書館看看免費雜誌，或者乾脆再到便利店吹冷氣順便觀察路人，通常是後者居多，接不到案的SOHO真淒涼。

一下床，只消走兩步就碰到牆邊的單門小冰箱，房間就這麼小，翻翻冰箱有什麼就吃什麼。無尾熊正用抹布擦拭電磁爐，想到什麼又站起身，將平底鍋和馬克杯拿去門口洗水槽泡水，再從小冰箱拿出空心菜，慢慢挑揀。

晚餐他可能做個羊肉炒麵，佳韻猜想，前天超市特價買了火鍋羊肉片，分量剛好做為兩人餐食。冰箱還有一小瓶蘋果醋，老宋給的，拿來做洋蔥果醋沙拉很合適。便利店帶回來的起司報廢品，可以用電鍋焗烤洋蔥絲。最近他瘋狂愛上洋蔥，試過洋蔥炒蛋、咖哩飯、炒義大利麵……此刻，無尾熊盯著起司包裝的食用期限，正考慮要丟還是要吃。

還有一天才過期的食物，實際上，在冰箱一直保持溫度，再吃個幾天也不成問題。不只是人這樣得過且過，連身邊的事物也這樣含混過日。

佳韻不知道這種一潭死水的生活到底還要怎麼過下去。

她從便利店帶回過各種報廢品，超過當日晚間九點後的麵包便當涼麵這類即時食品占多數，準備丟棄的食物，緩衝了他找不到工作或是她稿費延遲入帳的時間。或者，就是延長他們活著的時間吧。

「韻……丟掉的食物，都有利用價值，比起我這整天躲躲藏藏的人，都要有價值。」他拆開一個三角飯糰塞進嘴裡。

「我們是做好事，環保愛地球沒聽過嗎？」一早又說屁話，她翻了個白眼給他配飯糰。

這類即將過期的商品，店長通常會叫計時人員倒進廚餘桶，當然員工自己吃掉，他也不會有意見，只要沒拉肚子危害健康，不要對外聲張，店長也默許大家帶點過期的報廢品回家。

「這一年來我幫忙處理不少將要過期的食物啊，也算做了不少好事。嗯，如果這也算好事的話啦。」無尾熊說完自己乾笑了幾聲。

她摸摸他的頭，同居不到半年，他在糾結什麼逃不過她的眼睛。

他就是不踏實，連做了好事都不踏實。佳韻也撕開一個飯糰，肉鬆口味是店裡賣得最差的，過期幾個小時，味道差不多嘛。

嘴裡塞著飯糰她含混著說，不只是食物會過期，人也會過期，保存期限就是壽命終了，翹辮子嗝屁那天，名正言順過期，放把火燒成灰，回收再利用就樹葬，變成肥料養一棵樹。

活著就是負擔，什麼好死不如賴活，這句話根本就是活得不耐煩的人才會說得輕巧。

「如果人壞掉了，算瑕疵品吧。」

早知道她就不跟他說撞凹罐頭有斑點的水果，連小小汙損的餅乾外盒，根本沒顧客會買，一有瑕疵立刻就丟到報廢籃子了。

佳韻搖搖頭望著大口嚼食飯糰的他，他該不會想著，自己就是人類的瑕疵品，誆騙人情和錢財的壞蛋，該丟到哪裡才好？

他心煩的時候喜歡做菜，還說剁碎肢解蔬菜魚肉，有種難以言喻的快感。更煩的時候，他種花，什麼辣椒籽青椒籽發芽的馬鈴薯，統統拿來種。

吃個飯糰如喪考妣，正愁不知如何是好，她瞥見洗手槽放菜瓜布的瀝水盒旁邊躺著一個發芽的地瓜，長出幾莖綠葉。

咦？這發芽了。她捏下一枚指尖大的葉子，揉碎，毫不留情，有點快感。

「哼，先是詐死，現在想復活嗎？我等下就成全你——」

他齜牙咧嘴恐嚇著地瓜。看起來很幼稚。

她知道他有和植物說話的習慣，種花種菜，也種心事。

佳韻一面嚼飯糰一面滑手機，想說繼續聊什麼才能轉移低迷的氣氛，忽然有則新聞攫住目光，比喝雙倍濃縮咖啡還要提神的新聞，她用力大拍自己的腿，差點將嘴裡的飯粒噴出來，沒想到這個話題人物居然還有戲。

「欸，你還記得兩年前有個女博士愛上美國中情局幹員的新聞嗎？」

「記得啊，女博士癡情種啊，還一直匯錢給他，一看就是詐騙，真是笨蛋。」他打開一盒剛過期的豆漿咕嚕咕嚕灌進喉嚨，打了個嗝。

二〇一一發生的事她怎麼能忘。大學畢業，好不容易擠進了那家八卦雜誌，還在試用期那年，第一個採訪就是跑女博士被喬裝ＣＩＡ幹員的詐騙。

女博士本人不算難訪，談起愛情那個眼神總在放光，像是瓊瑤劇裡的女主角眼睛水汪汪，每次一堆人堵在人家門口，女博士早被厲害的電視臺記者圈走了。這條新聞鬧得像鍋佛跳牆，什麼鳥蛋栗子豬肚大家都吃過，早就不新鮮，幾個記者在女博士住處日以繼夜蹲點，誰都想從裡面舀出一個獨家。

每到截稿日，沒訪到本人，人物組頭兒就跳腳，三字經問候她媽好，還指著佳韻鼻子大罵，「妳豬腦啊——沒訪到人不會自己編！」

人物組頭兒才是頂級豬腦，自己編簡直就是正宗豬腦，她才不想和他一樣豬腦，試用期沒到佳韻就自己滾蛋了。

無尾熊瞪大了眼說，「就為了這個腦子有病的女博士？妳還真倒楣。」

「是不是很誇張——整個辦公室的人都在看，人物組頭兒把我罵得狗血噴臉，還把一堆樣稿扔到我身上，叫我有多遠滾多遠——現在想起來胸口還是堵著一口鳥氣。」

「哇靠，還真有這種垃圾，他以為他誰啊。」

「哎喲，我講遠了，那都過去式了。你看，我剛滑到的新聞，這個女博士後來居然為CIA幹員寫了一本書。兩年沒追蹤這件事，害我丟了工作的女博士，居然還這麼有戲，媒體根本不放過她。」

「真假？我看看……真的咧。愛著卡慘死就是這樣。」

「拜託——是真的愛，怎麼會卡慘死，這愛是假的，才會害死她啦。真正的愛你沒見過嗎？那是會讓人瞎了眼失去理智沒錯，但女博士這個擺明就是被騙啊。這則新聞說，她後來被公司開除，找了新工作做不了多久又被炒魷魚，還拿出所有積蓄出了這本書，家人也都不理她，說她瘋了。」

「其實，她挺可憐的，不過是希望有人愛她，被騙也沒關係吧。」

他振振地這麼說，她摸摸他的頭。

她發現他這人就是太善良，和女博士一樣單純，才會這麼容易相信人，被騙也沒關係。

「你說得對，那個女博士不過是寂寞，只會念書的高材生就是這樣，不懂得分辨什麼是愛，傻呼呼，有人愛她，天天陪她說話，為她豁出去，連命都不要多感人。你呢，不過是有了賺錢的方法，還不忘分享給親朋好友，還不是一個人發財開心多不好意思，大家賠了錢都來怪你也太沒道義。我以前有在上班，也投資過銀行的基金，投資一年也沒獲利連本金都賠光了，我也沒去告銀行詐欺啊。理專狂推薦我買這支那支基金，也沒說穩賺不賠，投資本來就有風險嘛。」

她叭啦叭啦大鳴大放說完這串，無尾熊什麼也沒說，只是靜靜地拿來一個花盆，先是鬆開花盆裡的土塊，挖開一個拳頭的深度，然後將那顆發芽的地瓜塊莖埋到土裡。

「當植物真好，喝水曬太陽就會長大。不過，感覺有點假。」

顧左右言他的說法讓佳韻頓時火大，怒氣沖沖瞪大眼，像是火山岩漿即將噴發的瞬間還得耐住性子問他，到底哪裡假？

「明明死路一條，居然還會活過來，妳看這盆，好虛偽。」

他翻開另一個花盆的土塊，之前埋進這花盆底下本來有點腐爛的洋蔥球莖已長出蔓蕪根脈。

她伸手拈起洋蔥頭抽出的綠色嫩芽，不屑地回嗆，「拜託，這樣就虛偽，球根類植物的死都是詐死，誰不知道是為了復活做準備啊。」

他清楚自己口口聲聲說洋蔥虛偽，根本是喜歡這樣的虛偽，或許比植物還要虛偽才能體會這種境界。就像他老愛破壞食物的形狀，最後又會變出嶄新的一道菜，重新散發香氣餵飽他們。暫時的死亡是為了復活，她其實有點懂啊。

「其實……我也是很虛偽啦，後來還是為女博士編造了一則新聞交差，我還記得標題呢。『可不可以不要問學歷？女人碰到愛變得不夠聰明，難道錯了嗎？』很屌吧。」

這標題讓人物組頭兒掐著樣稿衝到她桌邊斜睨著眼直瞅著，那距離幾乎可以感受到他的口臭，主編還假掰的說，讀到博士如果不是社會認知的聰明，父母何必羞愧？那不只是笨，是笨到極點啊。

她懶得再說什麼了，隔天就遞出辭呈。從那個時候她就明白有些事情不能被報導，只能被爆料，就像他們三流週刊認為讀者只愛祕辛，撈得到就發稿，挖不到就編，編出來就有銷路。

佳韻到現在還認為，重點不是博士，也不是她是女博士，而是愛。有人愛她，她願意失去所有。這卻是社會認知的愚蠢。尤其是高級知識分子，又是女性，她的愛就必須被懷疑，必須建立在交換利益上，必須平等。

「就像我們，你不認為自己值得被愛，我也不覺得能為你付出一切啦。這樣下去，又算什麼……不如現在分開，也不會太痛苦。」

她說完這段，直勾勾盯著無尾熊的眼神是認真的。

他貌似完全沒聽進去，忽然跳起身來，說是既然昨天買了茼蒿，不如今天晚上來吃火鍋。他挖出冷凍庫的一坨雞骨架子，說是要退冰晚上熬湯頭，還問她採訪完幾點回來，等她吃鍋。

「應該六點以前可以，今天要採訪的人有點特別，她眼睛看不見，我要多留點時間溝通。」

「咦？妳最近好像經常遇到盲人，怎麼採訪啊？」

「人家是眼睛看不見，又不是聾啞。」

她不想告訴他，採訪對象就是上次在書店遇見的那個看不見的女孩，或許她真正不想說出來的是那天偷東西的事。

今天收到主編傳來的照片和背景資料，瞬間驚嚇，六度分隔理論不是說需要認識少數的中間人就能彼此連結，或許，她只要伸出手指觸動不屬於自己物事的當下，這世界就已經布下天羅地網了吧。

「那火鍋料我丟關東煮和烏龍麵進去喔。啊，我等下會去買雞蛋回來。」

「隨便，你煮啥我吃啥。」

即使他多麼厭惡自己賴著她，還說自己不過是靠著會做菜和打炮。如果這算是技能，也像是不入流也不高尚的手腕。佳韻不只一次做愛之後這麼跟他說。

她喜歡他做的菜，不管他弄什麼，她都毫不遲疑送進嘴裡，他說她吃東西的樣子很像幼稚園小朋友。

那是信任，不問酸甜苦辣的信任，唯有天真無邪才能不問滋味，他懂嗎？

4 黑戶口的無尾熊

「幹！每次都這樣。」話一衝出口，無尾熊就後悔了。

「每次都怎樣？」

「沒有啦。車老是修不好很幹啦。」

昨晚佳韻幾點回來，吳偉進毫無所悉。他和她有不戳破的默契，好像什麼都沒發生繼續過日子，隱隱心安理不得，卻也只能這樣了。

他抬起頭，從長長的瀏海縫隙望著，她的臉和身體被筆直的頭髮間隔成細細長長的輪廓，翻白眼的那一長格，嘴唇吊得高高的。

爭吵彷彿徹夜不休的乒乓，那顆球倏地殺回他這邊，她又開始挑釁的語氣，他總要極力克制自己發怒，可是每次都失敗。有時連續幾天沒工作，時間沒完沒了的漫長，他不知道要怎麼度過這一天，尤其是佳韻也待在家裡沒採訪的時候，她盯著電腦久久皺眉，他自然懂得那視線也是盯著這房裡無用的人生氣。

「如果你覺得我看不起你，現在就滾吧。」

他用盡全力掩飾非常在意又必須裝作不在意的神情，不過，好像從躲貓貓的藏身處一下被揪出來那樣，他會鬆口氣，至少不必隱藏了。

就滾吧。她也不是第一次說，他每次都會認真思考，現在就滾的可能。

他很想回答，不是看得起或看不起的問題，實在是怎樣好好活著就是難題。他隨時都想滾出那個房間，像寄居蟹一樣誰也不好受。想著想著，他已將修不好的摺疊車推到牆邊，一層層走下樓梯，滾出了頂樓。

她剛剛說的話，彷彿鞋裡擱著細小砂礫，每走一步，都感受到砂礫存在，微微的刺痛。

他毫無意識穿過兩條巷子過馬路，途經一片停滿黃色UBike的人行道，不遠處便是夜間才營業的黃昏市場。這個市場是他和佳韻的後花園，也是他打工的地方。

沒法找個正經工作，不管去哪求職都需要身分，他就是個黑戶口。

這事不是發生在她身上，就算她是兼職的文字記者，也不可能完全能理解沒有身分的人該怎麼活下去。

背包裡裝了一顆巨大的高麗菜，經過市場口蔬菜攤老闆硬塞給他的，竟壓得肩頸有些不舒服。前陣子來黃昏市場閒逛，主要是想撿便宜貨，剛好看見攤商貼了紅紙說需要人手幫忙清掃店面，他試著問問，老闆見他體格不錯，只說怕髒就不要做喔，其他也沒什麼好說的，幹不下去再說。

工作內容很簡單，三兩句交代完畢，就是趁著市場沒營業的空檔，拉來水管到處沖沖刷刷，將地面和攤架的血水啊腐爛的菜葉周圍的垃圾全都收拾乾淨。

他挺喜歡這種無腦並且只有一個人可以完成的工作，說也奇怪，清掃的時候好像自己的髒汙也跟著沖淡了一點點。

鄰近攤位幾個頭家看他勤快，處理的狀態頗清爽，陸續也委託他打掃，漸漸的，這條街上的攤架都由他負責，一週結算一次工錢完全不囉嗦。

佳韻採訪過小攤商，說是市場營收不必開發票也不會被課稅，很多人都靠著小生意養活一家老小，他不知道這事能做多久，那些老闆從不過問他的過往，倒是讓他甘願繼續泡在腐敗腥臭的街上。

今天到市場的時間有點晚，才走到中段，有些攤販已經將小貨卡開進來準備收攤。有的散客騎著摩托車圍著菜架說「頭家，佮兩支蔥仔好無？」，他跟從話語掃視兩旁，有的已拉著竹簍正收拾腐敗菜葉，還有老闆將稍有碰撞的瓜果攏成一堆叫著「緊來緊來，收市俗俗賣，一堆攏總一百……」

他想起以前玩線上遊戲總愛撿便宜的武器買，打怪得補血才能晉升到另一個階級，乍看火力不強卻在關鍵時刻發揮作用。都市底層必備黃昏市場，佳韻也寫過這樣的專題呢。

市場裡當季蔬果魚肉應有盡有，重要是價格便宜，平常吃太多過期品，他覺得連血管都充滿防腐劑也說不定，有時也需要補充新鮮食物才是。

他走到根本不會買的日本進口甜柿旁邊，朝著果皮有點乾癟的橘子閒散瞥了一眼，個頭沒拳頭大但品相還算可以，隨手一指，老闆已俐落扯下紅白條紋相間的塑膠袋，整堆裝妥交付到他手上。

在市場可以一句話不說，買好幾樣菜，就像他和佳韻也會好幾天不說話，只用Line溝通，照樣過日子。

通常她輪大夜班或到外地採訪，傳Line說不回家吃飯，他就懶得煮飯了。好像自己獨食便不配享用精心料理的晚餐。其實也不是，就是懶。只要拿出便利店報廢品，先把顏色變得黯淡的生菜沙拉和涼麵攪一起，再把凝固結凍玉米濃湯加熱，剝開蛋殼裂很大蛋黃破掉的三顆茶葉蛋，還有泡到軟爛的黑輪關東煮，最後來一盒才過期一天的高纖豆漿，隨便吃吃也可以打個撐破肚皮的飽嗝。

一個人吃飯很沒滋味，再好的食材都沒滋味，一個人適合吃報廢品，回收利用不浪費。至少他認為這樣活著不浪費。

吳偉進也不願思想如此灰暗，但漸漸就變成這樣了。孤獨吃著報廢食物，想著也是在家吃過大餐，而且是自己下廚，其實是他想媽了。他在回憶中試著複製宜蘭老母會做的拿手菜。

譬如炒青菜，只放拍碎的蒜瓣和菜葉拌炒，盛盤之後，若是倒轉時間，還能還原成一把青菜的模樣，乾淨的，冷清的躺在冰箱格架。魚的處理，他喜愛清蒸和鮮魚湯，若是蒸鱸魚，便是整尾魚沿著腹部片開成人字，安順地趴在寬如雙掌的雪白瓷盤裡，放在隔水加熱的炒菜鍋中蒸煮。燉雞湯，他也很拿手，就讓整隻放山雞安穩地窩在陶鍋，加點薑片和新鮮香菇，毋須調味，屆時下點麵條配上事先燉煮的雞湯，便是美味營養的一餐。

黃昏市場將要收攤的雞販喊著俗俗賣，隨意將半隻雞和雞大腿肉拼成一盤說是三百就好。三百就好，他快速撥動褲袋的紙鈔零錢全梭還不到一百，鮮香菇燉雞湯是多久以前的滋味，好像是上個月還是上上個月了。

跳過雞販，隔壁是菜攤，老闆大喊南部豪雨不斷，「太太小姐啊——青菜一把要五十，一顆芭樂和一粒蘋果同款貴聳聳，賣卡少欸賠卡少咧——」

他不禁噴笑，本想買顆芭樂，隨即放下已握在掌心的果實，居然是少賣少賠。氣候變遷之下，不只農夫看天吃飯，大家都是命運共同體啊。雨一下就是一星期，吳偉進已經很久無法去廢棄工地撿拾廢鐵什麼的。

一開始會去撿廢鐵，是腳踏車缺了零件，他想或許可以去資源回收場找找，在那裡泡了一整天，發現實在是個寶庫，應有盡有。

回收場老闆據說是個地方土財主田僑仔，農地被政府徵收蓋高鐵，突然就變成千萬富翁，開了釣蝦場、回收場、加盟火鍋店，什麼亂七八糟的事業都做。這是回收場的零工阿天跟他說的，叫他要什麼零件自己去翻，少個螺絲彈簧沒人在意。

他在幾個透明塑膠整理盒掏翻，喃喃說著，自己除了沒錢，時間多到想給人回收沒人想要。阿天聽了爆笑出聲，用力拍拍他的肩說，別想太多，沒錢時間又太多的人很容易憂鬱，有空來這裡坐坐，保平安。

這是他一年來聽過真正覺得好笑的笑話，他想阿天這個朋友可以往來啊，雖然他好像失去擁有朋友的權利了。

阿天說，來回收場撿東西的人不只他，還有個博士也常來，人家博士就是不一樣，都撿一些英文書和看半天也看不懂的書。

又是博士，去哪裡都碰到博士，臺灣什麼沒有，博士滿街跑。前幾天剛聽完佳韻講女博士被美國中情局詐騙，現在連博士也來撿東西，他覺得這世界越來越瘋癲了。

吳偉進不自覺嘆了口氣，拎著一百塊買來的兩把青菜和橘子，大概只夠吃三天吧。

景氣差的確影響生計，巷子口那家安親班的班主任是他最近比較熟的，或許連朋友都稱不上，他發覺自己對朋友的定義實在太寬鬆了。

那位班主任非常愛發牢騷，不斷叨念，總愛說薪水三年來都沒調漲，物價持續飆高，少子化讓他們招生一年比一年差，老人化的社會開始了，以後要換開老人安親班才是正途。從日常小買賣到補教招生都可以扣連，經過補習班門口，他不由低頭快步，很怕又被逮著聽人吐苦水。

走過捷運站三岔口，再從騎樓沿路回家，服飾店、麥當勞、麵包店、中藥行、飲料店、小兒科診所……住在這帶不到一年，兩旁店面已經輪番替換。彷彿走過這條路，人生基本需求都能得到滿足。緊接著他轉進連鎖洗衣店，蓄著鬍子的老闆一見吳偉進便熱絡招呼，哇，這麼晚才下班啊——賺錢辛苦哪——

他苦笑著遞出洗衣收據並回說，你也還在工作，誰賺錢不辛苦呢。不知為何，被人誤認加班晚歸，他有點開心。

記得上次送洗的是泰迪熊娃娃，不過那也是半年前的事，也不知佳韻為何當寶一樣非要送洗不可。

那次剛好洗衣店的電腦當機，他順手幫忙檢查了一下，不過是簡單的系統還原，稍微有點常識都能處理的小問題，老闆卻感激涕零，還說電腦隨便給工程師摸一摸都要錢啊。等待系統還原的時間，問他在哪裡高就，他隨口說是辦公室器材業務，信手拈來就是華麗的謊。

吳偉進還記得不久前編造的職業，就順著老闆的話說，對啊，剛剛去龜毛又囉嗦的客戶那邊維修器材，弄到現在才下班。

老闆苦笑著拿起撐衣竿，順勢便從問號掛勾拉下幾件襯衫，他聳聳肩表示，「錢歹賺啦——景氣無好，失業的人誠濟，愛努力拍拚，才會出頭天。」隨即在上下幾排衣物逡巡編號標牌，俐落地將抱枕套裝進紙袋遞給他，堆滿笑容說：「這次扣完會費要儲值喔。」

他下意識微笑，沒說好也沒說不好，他挺喜歡這個看起來年近五十的老闆。佳韻不可能儲值，她鮮少送洗衣物，聽說去採訪什麼有錢人公子哥弄髒了人家沙發靠枕，這麼高級的布面不會處理只好送洗。

老闆浮出五官全擠在一起的笑容，拍拍他的肩，說他看起來瘦了不少，吳偉進急著和他揮手說再見，心想再聊下去露餡就不妙了。

轉進巷口，走不到五十公尺就是他們的公寓。五樓信箱有本捲成甜筒狀的雜誌，是佳韻的，紙袋上緣都擠破了。他使勁一抽，紙袋碎裂連同雜誌全卡在信箱，不知怎麼他湧起即使四分五裂非得拽出來的意志，結果雜誌封面真的毀了。

還好佳韻不在意雜誌是否完整，她總是隨意翻翻從鼻孔哼氣說，這些謊話連篇的文字不過是混飯吃罷了。

腋下夾著雜誌，爬五層樓，回頂樓。爬樓梯會消磨人的意志，無論在一樓的自己有多麼快樂或是哀傷，一級一級踩著階梯，反覆的動作做一百次，什麼情緒都不重要。他很煩躁，只剩下累的感覺。

一進房間，佳韻仍然躺在床上滑手機，一個小時前的爭吵或許只是一場夢。她眼睛沒離開過那個小螢幕，淡淡地說，回來了啊。

他把抱枕套放在小書桌，蓋著藍色棉布的小書桌也是飯桌，他們習慣有什麼重要的東西都擺在那，大家都看得見。

桌子是幾個月前的資源回收日在巷口撿來的。桌面有斑駁裂痕，手一抹過碎屑紛紛，蓋上粗布其實沒差，有支桌腳傾斜搖晃，左右搖晃檢查，是接縫處的螺絲掉了，找了個不是那麼密合的短螺絲旋上去，也挺合用的。

佳韻一見抱枕套，放下手機，小心翼翼揭開透明塑膠袋，輕輕摸了摸，滿意地說洗好了真乾淨啊，還好沒給人家弄壞。

他想剛剛還要人滾出去，這女人，總有本事裝作什麼事都沒發生，他也是有分攤一點點房租，何必這樣欺人太甚。

「無尾熊……你是不是覺得我是笨蛋……」她忽然停頓了一下，垂下眼。

她只要喚著無尾熊，便是她心裡開始有個地方不確定，因為不確定，她需要他來幫忙確定。如果不管什麼黑戶口，吳偉進比較喜歡作為無尾熊的自己。

佳韻等不及他回覆，深吸了口氣又接著說，「有錢人根本不會計較弄髒這點小東西，可是……我就是得跟自己計較，不然，下次怎麼再去採訪，我連踏進那個地方的勇氣都沒有了。」

她捏著有錢人的抱枕套像捏著微弱的自尊，忽然讓吳偉進覺得很可憐。她和他都很可憐。人家懶得計較，他們卻不能放過自己。

儘管他難得頭腦清楚百轉千迴想了這麼多，還是順著佳韻的話回說，「對，妳真是笨蛋。」

他拿出背包裡的高麗菜和橘子，問佳韻要吃點東西嗎？冰箱裡還有點火鍋肉片，切點高麗菜絲來做大阪燒吧。他以近日以來難得開朗的笑容問她。

5 偷來小貓捲尾的時間

幾個男孩抱著籃球奔跑過去，風一樣震動了路人們。

綠燈秒數只剩五秒。那女孩卻不管風的感覺，像是誰暗自傳了什麼訊息來，身體一斜，轉往馬路急急邁著大步，手杖搖晃著，左右點地，喀喀喀喀……女孩的腳將要走向斑馬線第二格，佳韻終於克制不了，衝向前一把拉住她。

「陳雨萱──」

女孩立即循著音源轉身，眼睛也閃爍了一下。看不見的雙眼，像深夜樓梯間的小燈，接觸不良那種，閃了半秒。

佳韻不知怎麼形容如此短促的瞬間，類似睫毛顫動或是塵埃飄浮的瞬間。

她不會知道，有人眼睜睜看著她幾乎撞上路邊電箱，一句提醒也懶得給，更不會知道有人甚至繞過她，好像杵在那不動的她是個礙眼的ㄇ型路障。

「妳怎麼知道我的名字？」女孩側著頭說。

佳韻說不出口，為什麼會出現在這，明明在跟蹤，卻將自己送到追蹤對象的面前。或許，最後是無法忍受自己下意識或有意識的殘酷，終於伸出手。

本來和採訪對象約好地點，就在下個路口的咖啡館，卻無意間在捷運出口看見她。

佳韻打開手機確定總編寄來的採訪資料，核對照片無誤。人群中雨萱很醒目，但很多人就是看不見，或者是裝作看不見。

大家無視她可能沒走進手扶梯，踏不對臺階，走錯出口，又差點在紅燈時將自己送上馬路……

那兩三分鐘，佳韻滿滿的羞恥，沒有作為的自己和大家一樣無知，並默許他人的無知。

陳雨萱一聽她是記者，眼睛又像瞬間來電的小燈泡，啪滋地閃爍著，隨即又暗沉下去。

佳韻有點慌，只得迅速地介紹自己，下意識去包包摸名片，緊接著又用開這念頭。

對方的視線沒有移動，就像那天一樣，筆直地看著她。

過了兩秒，陳雨萱才反應過來，微笑說，真巧，還好在這裡遇見，又急切補充，事先說好穿了鵝黃色T恤和牛仔褲，很好辨認對吧。

不只是容易辨認，那是一把左右遲疑的黃色雨傘，佳韻在便利店經常賣出的那種黃顏色，踏出捷運站就看到她像搖擺不定的指南針，佳韻的視線便再也離不開她。

「已經變紅燈了，很危險啊——妳為什麼突然衝出去？」

「紅燈？噢，我聽見有人跑著過馬路，以為還有秒數，就跟著走了。還好妳拉住我……」陳雨萱用力眨眨眼，眉間擠出了兩道細紋。

她近距離看著她，發現她比主編提供背景資料還要年輕，視覺效果大概不到二十五歲。還有，她說話的樣子實在太甜蜜，任何一點小事，都感到驚訝，一直發出噢的感嘆。

如果是以前的林佳韻，肯定認為這樣的聲調很噁心，現在卻毫無厭惡的情緒，反而期待那個輕飄飄的噢字。

佳韻不清楚這個城市的盲人有多少，盲人裡的女孩又有多少，不知道會這麼快又見到她。

如果可以，希望上次不算數。她不會知道這是第二次相遇。

當然陳雨萱不會知道在書店曾目擊一樁偷竊事件，那件事也不算數。

想到這些無用的好處，看不見似乎也沒什麼不好，這世界髒東西太多，有時候，佳韻真的也很想閉上眼睛什麼都不看。

今天才是初次相遇，這麼認定，她也不會有意見吧。佳韻拿出筆記本再次確認訪綱。

前幾天主編十萬火急發來採訪，說是有立委臨時被爆在酒店門口摟嫩妹貼奶，記者被調去跑這個現場，社會角落人物專欄又急著要截稿，又是電話又是簡訊和臉書訊息齊炸，好像除了佳韻去救火誰都不行。明知這是主編慣用的伎倆，不答應採訪又怕得罪他，以後不發稿給她。

直接答應顯得自己很沒用，但她就是如此沒用只能與現實妥協，衡量之後，至少可以付得出下個月的房租和健保費，就接下採訪了。

早上人物背景資料才寄到信箱，一看照片，背脊有些發涼，這人，不就是前陣子在書店遇到的看不見的女孩。佳韻仔細地盯著她看，彷彿比對兩幅相似的人物畫，努力想找出差異。

「林小姐，請妳幫幫我過馬路吧。」

陳雨萱忽然這麼說，佳韻此時居然有些安心，並為自己還有點用處感到得意。

冒出驕傲的感覺好像不對，但也沒時間細想太多，陳雨萱已經握住她的手肘，右手仍然點著手杖，佳韻有自己是條導盲犬的錯覺。

她說不要牽她的手，只要讓她握著她的手肘就好。

佳韻的手肘自從被她握住，整個人僵硬無比，彷彿那個關節已脫離自己，是機器零件，或是沒有血脈流動的肉塊。

走過斑馬線後，遠離馬路，又經過一排UBike，佳韻很小心地讓她和那排黃色腳踏車維持兩塊地磚的距離。

像電影慢動作的轉速，佳韻的手腳總是不同拍，身體不聽使喚，想控制也沒辦法。

透過手肘直接傳導了不確定的意識，雨萱很快地察覺到她的情緒，笑著說，放輕鬆噢，像平常那樣走路即可。

「陳小姐，我可以問個沒禮貌的問題嗎？看不見……要怎麼過馬路？」

「其實我看得見噢。」彷彿為了回應沒禮貌的提問，雨萱刻意地點頭微笑。可愛的噢音又出現，實在讓人招架不住，這是睜眼說瞎話嗎？

不對，盲人的確說的是瞎話，佳韻實在按耐不住，暗暗發出F開頭罵人的嘴型。眼角餘光發現雨萱歪著頭、天真的表情，她倒想聽聽她是如何看得見。

「可是，妳差點被車撞，要不是我拉住妳，早就……發生事故了。」

佳韻深吸一口氣，心想對看不見的人這樣苛求好像有些過分，但還是忍不住說了。

「剛剛謝謝妳噢。通常我會聽車流聲，來判斷現在是紅燈或綠燈，行人走路的聲音也可以加進來評估啦。但也是有例外，像是有不守規距的人或車，看到黃燈反而加速前進，我也是上了好幾次當呢。」

「所以，最好是有人幫忙妳過馬路對嗎？」

「那是最理想的噢。雖然，大部分的人會遠遠地看著我，我都知道啊。」

佳韻心想自己也是大部分的人之一。站在遠處，事不關己看著。害怕伸出那隻沉重的手，這樣的善意，總是無法說服自己隨意給出去。

如果不是採訪對象，她可能也不會衝出去拉住她。在這城市，她已經失去本能，幫助陌生人，可能為自己惹麻煩，卻變成反射思考。

佳韻低頭瞥見髒汙的球鞋，鞋帶散開了，想蹲下來綁好，手指往下延伸，卻忽然愣在原地。

如果是陳雨萱，她會怎麼做？

不，她不會發現，除非被鞋帶絆倒，才會發現自己的狼狽。

看得見的人總能預先防阻可能的危險，慢慢學會算計，有心機的對待這個世界。陳雨萱不能，她不一定會成為居心叵測的人。至少有一半的機率不會吧。

需要仰賴陌生人的善意才能生存，這樣的人生，如何過下去？

佳韻又想起了看不見的爺爺，活不下去的理由，大概察覺到餘生只是個吃喝拉撒的廢人。

而自己還能活下去的理由，也只求在異鄉不愁吃喝拉撒而已。

●

穿著鵝黃T恤牛仔褲的陳雨萱，坐在這裡看起來就和尋常女孩一樣。

佳韻先去櫃檯點飲料，拿好餐盤回到桌邊，只見她警醒地靠過來說，「點好了嗎？」佳韻朗聲回說是，大概是周遭聲音太嘈雜，讓她不是很自在。

上次在書店見到她，穿的是紅格子長版襯衫，今天是鵝黃T恤，上頭還有個大大的笑臉。

「欸，雨萱，可以這麼叫妳嗎？採訪之前，又有個沒禮貌問題想問，妳是怎麼分辨衣服的顏色？」

大概是咖啡館空調太強，她立刻從包包裡拿出一件藍襯衫，抖開，迅速找到右邊衣袖，彷彿滑溜的舞蹈動作，雙手瞬間開合，完成了添衣。佳韻眼也不眨地注視著她。

「妳不是第一個這樣問噢。大家都很好奇呢。」她微笑。接著招招手，「妳來看看」，示意佳韻坐到身邊。

她將藍襯衫前片下襬翻起，露出內裡，只見最後一個扣眼下方，清晰縫上五道短短的白線。

「紅橙黃綠藍，我的藍色衣服，上面縫五條線，黃色就是三條噢。」

「原來如此，好神奇。」

話一出口，佳韻忙不迭掩住嘴，還好她看不見她的愚蠢。

哪裡神奇？她為自己無知讚嘆她的悲慘感到愧疚。

「穿什麼顏色的衣服，對我來說一點也不重要噢。但是，別人總要提醒我，我不會配色，這才是困擾。」她摸著玻璃杯口上緣，伸出食指投向杯內，指尖如浮標，偵測還剩多少果汁的樣子。

別人？就是他們這些局外人。為什麼雨萱說的話看似無意，佳韻聽來都是有意。

佳韻試著閉上眼睛，便只能擁有黑這個顏色，手指的感覺，一些殘影……她小心摸索，先是擺在面前的馬克杯，簡單的距離分明很有把握，卻還是碰倒一旁的小水杯。

「啊——水倒了嗎？」雨萱迅速朝右邊夾著菜單本的木架子，俐落抽出一疊餐巾紙，壓在桌沿。

她拿起餐紙慌亂擦拭，桌面明顯存有高低落差，只見一灘積水緩緩往她處蔓延，她也順利防堵了危險。佳韻瞬間明瞭去櫃檯點飲料的短暫時刻，雨萱已迅速摸清桌面所有物事的配置。

這一回合，明眼人失敗收場。她的眼睛看不出得失心，只有佳韻落敗的情緒蔓延。

「雨萱，我先說明一下，這次的專題主要是想請妳談談視障者在就業方面遇到的困難，我會把手機的錄音打開，待會兒進行問答都會錄音。」

佳韻這段冠冕堂皇的話，大部分是為了收拾剛才的狼狽。

主編其實想要一篇殘障人士求職處處碰壁這社會病得不輕的煽情文，還交代越催淚越好，最好多寫些被歧視被職場霸凌的祕辛。但是，將明眼人看得見的醜陋，全抖出來，佳韻總覺得每個字都搧在自己臉上。

接下來訪談進行得很順利，雨萱的求職經驗和想像差距不遠，從啟明學校畢業後，先是在愛盲基金會學習按摩和盲用電腦相關技能，不過雨萱說自己的手軟弱無力，摸著別人的身體怎麼都使不上勁。原來，她根本沒做過按摩工作。

「我和同學彼此按著對方的骨骼和肌肉，瞎子摸象那樣噢。她很會按，每一下都按到穴道上，真的好舒服，我很快就會睡著了。輪到我，怎麼用力按她，她都說太輕了，連小雞啄米都比我行，她說我不如小雞噢。呵呵……不然就說我老是按錯點，真的按到手指痛到快抽筋，還是不合格。幸好，不是每個盲人都得去按摩，還有別的事可以做嘛。」

放棄當按摩師後，很幸運的找到在通訊公司客服部當接線生的工作。聽到這裡，不知怎麼，佳韻如釋重負舒口氣，雨萱的聲音還真是合適，沒有人比她更能撫平那些怒氣沖沖的客訴電話了吧。

「不是妳想的那樣噢。我常被客戶罵到說不出話來，有的人一打來就是一堆髒話，說個不停呢。」

「啊，那妳怎麼辦？」

「噢，按靜音處理。」

雨萱說完這話，她和她同時爆笑出聲。那一瞬，如果是不知情的人經過這裡，絕不會知道雨萱是看不見的。

佳韻一面低頭在筆記本抄寫重點，一面想著被靜音處理的人，遠端的客戶只看見了自己的不便，卻不知道接抱怨電話的人處境比他遭遇得更艱難。

她們就這樣隨意聊聊，初次見面，佳韻很好奇雨萱為何願意曝光私生活，雜誌社這方也事先聲明照片並不會馬賽克處理，但保證採訪內容會先讓她過目。

「過目……說到這個，妳要怎麼看採訪稿？」

佳韻發現這個問題，對尋常人很簡單不過，對雨萱而言卻是已經將正常與不正常清楚劃分了界限，但她又不得不問。

「沒問題啊，我會用盲用電腦噢。閱讀文章會自動發音，妳放心啦。」

佳韻鬆了口氣，心想這大概就是總編要做兩頁「直擊盲人的日常生活」的用意吧。想不到勢利眼的總編也有社會關懷面，最後她寫的這篇稿會不會不見天日，又被什麼官場大人物的緋聞花邊擠掉呢？

擬好的問題，雨萱已事先知曉，她極有條理回答成長過程求學和工作狀況，佳韻和她約好，明天再去她家補拍幾張生活照。

採訪結束，佳韻在前，她隨後，佳韻的手肘再次成為她的方向盤。離開咖啡館不久，她說要搭公車。

「我又有問題了。搭公車……妳究竟要怎麼搭車？」

「聽車子的聲音啊。不只搭公車，我也搭捷運，一個人噢。搭公車，主要就是走到站牌的位置，聽不同方向車子的引擎聲，公車和一般汽車的聲音完全不一樣，很容易分辨是不是我要搭的車。」

「哇──雨萱妳好厲害。唉……」

佳韻不自覺又是驚訝和嘆息，她頓時又後悔了。兩個小時的採訪，不停的，將傾斜的思考弄得更傾斜，她不能控制自己總是以看得見的眼睛去看她看不見的世界。

雨萱倒是不在意的微笑，佳韻再次接收到那筆直毫不防備的視線。

接著她的手朝著空中揮了揮，忽然瞪大眼睛，補充說：「紅綠燈，也是同樣的方式，聽橫向或是縱向車流的聲音，橫向車道安靜下來的時候，那邊是紅燈，大家開始快速移動，我就跟著走啦。嗯，再怎麼困難，我還可以開口問人。別擔心。對了，朋友都叫我小萱，妳也可以這麼叫噢。」

看不見的人，不只時時掌握好自己的處境，連對方可能擔憂的細節，她都設想周到。

不知為何雨萱的日常，讓佳韻厭惡起自己盲目粗糙的生活，雖然這樣的生活在遇見雨萱之前並不是那麼痛苦。

雨萱描述的道路、車輛、空氣、風和雨，空間和時間，一切自有秩序，她有自己的座標定位一切。

佳韻閃過一個念頭，甚至快速計算了一下未來可能失明的時間。一千多度的近視，中年以後差不多要對付白內障，更衰一點視網膜剝離……或許瞎眼的那天真要開始倒數計時。

想像不費血汗，佳韻覺得自己邪惡的念頭不只將現實世界弄得傾斜，簡直毫無同理之心。但她還是有疑問：「如果，妳還是沒辦法，一定可能會遇到沒辦法的情況啊——妳會怎麼做？」

抑止不了窘迫的呼吸，沙啞的聲音像掐住小萱脖子，死命逼她說出自己的脆弱。這樣刻薄的人像是長年累月住在佳韻身體裡，想要衝過去撕掉小萱的面具，用力搖晃她……

明明看不見啊——為什麼可以過得這麼好？為什麼？為什麼？

「我可以把盲用手杖，舉高高噢。像這樣，高舉過頭頂，有人看到，就會過來問我，需要幫忙嗎？」小萱微笑著舉起手杖，彷彿天線寶寶說你好那樣可愛的神情。

佳韻要是看到求救訊號，也會立刻衝過去幫忙，為自己還能做一個有用的人感到快樂吧。

那個刻薄的自己，又默默的縮回身體裡。

刻薄都拿來對付生活了，自己分明就是個陰鬱的人，沒有天線寶寶那樣讓每個人摸頭說可愛的天線。

佳韻很少在一天之內安排兩個採訪，通常是被迫於現實，不想委屈別人只好作賤自己。一切都是為了存活，不論階級、你我。

盲人生活紀錄正是前者，讓她感到身為記者真是太好了，不只能經歷他人殘缺的人生，也能讓自己的人生有點存在價值。

正向積極又勵志的剛結束，下一個是建築產業富二代，要讓文字記者精神分裂最快的方式，就是同時寫善良與邪惡的稿子。她在按下豪宅的電鈴前深呼吸這麼想。

富二代住山上豪宅，佳韻去過兩三次，層層關卡才進得了那富麗堂皇的大廳，每回兩小時不到的採訪都讓她呼吸困難。

等待案主現身時，她打開手機前置鏡頭看看自己的臉，不久之前還沉溺在陳雨萱的世界，不知道等下富二代出現，她會不會說出不合時宜的話。

本來是不想接這個案子，偏偏這種業配文占接案稿件八成。也就是說，真心想訪的對象輪不到佳韻，噁心巴啦的業配主隨手抓就一大把。

「真心？SOHO談什麼真心，妳以為自己要拿普立茲新聞獎嗎？有案子發給妳寫就要感天謝地了。乾脆來雜誌社上班啊，發專題給妳挖個夠，又不要……小姐妳很難搞耶。」

想到昨天和雜誌社電子郵件往返，不想繼續接這起業配，主編不屑的口吻，要她去上班，說是讓她負責專題人物，說穿了還不是那些政商勾結挖糞坑的新聞。

每次和攝影師蹲點跟蹤，忍受寒風細雨被人譙，這種被廣告商包養的三流小雜誌，實在不想浪費人生為他們賣命。佳韻打從心底厭惡去雜誌社上班，每次訪業配工時總無法精準計算，還不如去便利店打工來得清心。

小姐妳嘛幫幫忙

不來上班只要兼職腦袋有洞啊

有工作還挑三揀四

這三句話在Line群組，明晃晃亮在那，十幾個人已讀連張貼圖都不敢回，佳韻倒是斗膽回了哈哈哈，外加一個愛心噴射給他。

這種工作勒索，真是他媽的賤，直接拒絕怕斷了生計，口是心非去編輯部又太委屈。她深知自己大砲個性絕對幹不了一星期，逼不得已只好騙騙主編大人。

不到一分鐘她回了簡訊：「主編大人，拜託拜託繼續發稿給我，我會盡全力做好小人物專欄。跟主編交個底，再給我時間，我一直想要寫一本小說，想再多蒐集一些資料啦。」

偷別人的夢想，佳韻說來毫不費力，寫小說是主編的夢，不知聽他說過多少回。

他這一生都泡在八卦雜誌，什麼鼠牛虎兔龍蛇馬沒見過，老子不爽就全部大鍋炒成一部大長篇，掀翻這些陰溝噁心叭啦的爛泥。不過，他也只是掛在嘴邊說說，特別是訓她時大做文章，他的雙腳像貼了張符咒，從沒離開過編輯檯。

「寫小說——很好，誰都可以，我等著看。」主編的簡訊飛快鑽進佳韻手機，只差沒把從鼻孔哼氣的聲音檔傳過來了。

她默默收拾好這些垃圾情緒，快速恢復成專業表情，在豪宅華麗的大廳等富二代現身，坐在三人沙發最右側，連後面櫥櫃裡的水晶城堡和水晶麋鹿她都不敢隨便過去觀看，這空間到處都是監視器。

不一會兒，全身名牌的富二代從大理石風格的旋轉階梯走下來，搭著木質扶手、眼睛瞇成一條細縫的姿態，不論看幾遍都深感厭惡。

她從背包掏出摺疊工整的抱枕套，有點不好意思地遞給他，雖然雪白繡花綴滿蕾絲洗滌整燙後已經看不出咖啡翻倒在上的痕跡了。

「妳還送洗，我讓阿嫂整套都丟了，這東西家裡多的是，留著作紀念吧。」

紀念你個香蕉芭樂，佳韻皺著眉吞下這句話。他說家裡多的是這東西時，下唇往右歪斜的模樣令人作嘔。有錢了不起，她還花了一百五送洗，一百五可以吃兩餐他不會懂，或許某家上市公司一百五十萬張股票能有多少股利他可能略懂。

經過兩次採訪才知道，富二代家族擁有都市重劃區大片地產，還有幾家不同名稱、相同後臺的建築公司，在外人眼中絕對會認為含著金湯匙出生的富二代還有什麼不滿足，非要跨足媒體產業，學人家搞文創還不是閒著沒事燒錢買風雅。最後這句話是佳韻上次採訪時，他年輕貌美的妻子忽然推著他媽出現在大廳，他媽說的。

富二代本人沒什麼內容好寫，從小被送到美國念高中大學研究所，創業經歷是很閃亮，在佳韻眼裡根本比不上他們巷口賣陽春麵的老闆，那種白手起家歷盡考驗的小人物隨便一個滷味要怎麼色香味俱全都有獨門訣竅。

富二代不過是祖上福澤庇蔭，沒體會過瀕臨地獄的生活折磨，沒走過任何坎坷路，滿口ＡＢＣＤＥ的他想將建築產業結合媒體複合發展的藍圖講得哩哩落落，聽過兩次都替他難過。難過他錢多胡亂撒，他隨便搞掉一個億，可以養活多少失業人口啊。

她比較感興趣的是他年輕貌美的妻子，聽說是在資訊展認識的Show Girl，富二代提到戀愛史倒是知無不言，聽到她想順便採訪妻子，卻臉面一垮說想問什麼他都知道。問題是，佳韻想訪的就是他不知道的那些。

關於一個女人嫁入豪門失去自我的那些。不過，她也只是放在心裡想想，話到嘴邊又硬生生吞回去了。

據他說，老婆當時還是大四傳播系的學生，在資訊展打工，精通中日英法四國語言，將廠商的產品型號功能介紹得行雲流水，他一下就被她吸引了。天天去展場找她說話，窮追猛攻，妻子一畢業先去建設公司當總經理特助，其實就是他的私人祕書，不到半年，兩人便結婚了。

「其實我在美國就結過婚，也有孩子，住在ＬＡ，我們家都有美國身分的。我爸媽不喜歡住在國外，偏偏要留在臺灣，我這人就是孝順，順他們意，再娶一個乖巧的陪他們啦。」富二代說這話時，腳翹在沙發上抖得厲害，還不忘補上一句，這些不要寫。

佳韻很想告訴他，寫不寫，誰也不在乎，寫出來都是假的。哪個企業家不是三妻四妾，男人有錢就作怪，週刊雜誌幾乎每個月都有狗仔拍到爆料，這社會卻好像習以為常，有錢有勢的人精蟲衝腦不希奇，經過賓館臨時起意借廁所算是剛好而已。

寫出來的事，弄假也會成真的，達官顯貴，另一個世界的遊戲規則，讀者就當笑話看，那不是尋常人生。

佳韻倒是想到雜誌社附近的越南小吃店，為老闆生養三個可愛小孩的老闆娘，嫁到這裡都快五年了，還沒法擁有臺灣國籍。

偶爾去雜誌社開會，她習慣到小吃店點碗牛肉河粉，很喜歡那清澈甘甜的湯頭。老闆娘得知她的工作性質，不只一次哀怨的說，在越南她也是外文系畢業，不只英文，還會西班牙文，現在連臺語都嚇嚇叫，可是只能守著這個小店，哪裡都去不了。

問老闆娘後不後悔，她笑著說先生幫忙在老家蓋了新房子，愛著卡慘死啦。老闆娘隨口溜出道地的閩南話，佳韻看來是有後悔但也沒有關係那種。

不知道富二代的妻子後不後悔呢？

佳韻從他妻子的表情看不出來，上次她推著富二代母親的輪椅經過客廳，她丈夫還滔滔不絕的侈言談夢，也沒有介紹妻子的意思。佳韻瞥見了她毫無靈魂的表情，眼神交會時，彼此輕輕地點了頭，她看起來很寂寞。

那種寂寞很像小時候宜蘭家裡養的八哥鳥，每次爸爸幫牠換飼料和水，就會說，這麼漂亮的鳥啊，可惜不會唱歌。

愛，在某些人那裡，特別廉價。

佳韻想，富二代的妻子也曾經愛過他的。

愛他的錢，也是一種愛。那樣的愛，建立在你情我願的交換關係上，不見得比較俗氣。有人就是非把愛和金錢綁在一起，才不致感到恐懼。

純粹的愛，像露珠，有時撐不過一個夜晚，稍縱即逝。佳韻考慮將這段話寫進採訪稿，又想，根本徒勞，最後一定會被刪掉。

想起有次腦袋浸水，將一篇業配文寫得天花亂墜，企業家龍心大悅頻頻糾纏她，還拿出一張空白支票給她任填六位數，要她再連寫三篇專訪，雜誌整年封底廣告他都吃下，還說贊助文化產業本來就是企業回饋社會的良心。

企業家的採訪稿總編想做蛋糕擠花做聖誕裝飾五彩燈泡的都行，請找別人，她就是不想。太廉價太卑賤，用錢砸人的企業家，別說連寫三篇，三個字都是多餘。

後來和富二代約好下次採訪，他又垂眼瞇成細縫說：「真是愉快，妳總會引導我說出很多想法，對了，妳文筆這麼好，要不要幫我寫傳記，開個價，我們來合作，這本書一定大賣。不過，先說好，傳記要掛我的名字出版，妳也知道，讀者喜歡勵志的題材，要幫我創業過程寫得轟轟烈烈啊。」

佳韻不吹皺臉上任何一條肌肉，記下採訪時間，心裡訐譙他祖宗十八代，用錢砸人真是了不起，但這個建議，她居然還認真考慮了整個下午。

有錢真好啊，隨隨便便都可以讓一個人丟掉自己的名字。

她望著富二代擺在客廳茶几上的雕花名片夾，薄薄的，閃耀著銀質的光，極力克制自己伸出蠢蠢欲動的手指。

●

今天無論如何得把雨萱的採訪稿寫出來，佳韻整天除了上廁所都沒離開過電腦。

一直查詢著盲人如何靠自己的力量活著這件事，讓她心情非常糟，這些細節，對看得見的人都不是難事，難的是正常而沒有殘缺的人都很會找藉口為難自己。

她也是其一，沒資格對他人說三道四。

幾個視窗大量資料塞滿腦袋，忽然，她想起一件事，必須立刻去確定。

佳韻推開筆電，離開桌子，從床底拖出一個大型黑色垃圾袋，裡面裝著剛考上大學，父親從宜蘭寄來的棉被。

從塑膠袋拖出陳舊的棉被，她嫌惡的捏起棉被表層，才經過一個冬天，散布著黑黑黴點，像細小的螞蟻駐紮在棉絮裡。

看著厚重的棉被，占據了整個床面，她想起老是蜷著身體窩在床上的爺爺。

他聞起來也是這種霉味。枕頭被子衣服，那房間，整個被黴點占領，坐在黯淡光線裡的爺爺恍若被房間吞噬。

知道爺爺這個人時，佳韻才念小一。父親說爺爺身體不好，他的心生病，眼睛也生病，所以要好好照顧他。

大人聊天時，會聽到他們壓低聲音說，「好好的人關這麼久，關到瞎，還要關到死嗎？還好可以保外就醫……」

後來慢慢長大，她拼湊許多說法，似乎就是爺爺之前住的地方，關這麼久的地方是監獄。

爺爺究竟犯什麼罪，佳韻上大學後開始歸納整理，虧空公款加上政治事件，從壯年被捕入獄，整整四十五年在黑牢度過。期間嚴重的糖尿病和白內障惡化，他幾乎全盲。

佳韻爸爸申請幾次保外就醫，最後總算將爺爺從不見天日的地方轉移到他們家，同樣也是不見天地的地方，頂樓加蓋的小房間。

她家在宜蘭海邊開現撈海產快炒店，還沒營業前，父親會先去漁港標漁獲，多數時間都在店裡煮菜出菜，母親則負責餐廳所有雜事。

佳韻照顧爺爺的時間比他們還多，早上母親做兩個便當，交代她中午放學回家用電鍋蒸過，再拿上小閣樓和爺爺一起吃。

「妳幾歲？念幾年級？」

「八歲，二年級。」

「啊……這麼大了。阿公都不知道阿韻仔長怎樣呢？」

她沒數過爺爺今天說了幾句話，每次他說的內容都差不多，都會背了。

便當吃完後，順手收拾昨天晚餐的碗盤，抽兩張濕巾擦擦桌子，爺爺吃進去的飯菜不多，大部分灑落桌面，如果沒有仔細擦乾淨，有些菜葉飯粒會乾癟地黏在玻璃墊上，還得用指甲摳起來。

「我很醜啦。媽媽都說我真歹看。」

「我不信。來，阿韻仔，坐阿公腿這邊，我摸摸看阿韻仔有多醜？」

爺爺總愛抱著她，他的手很大很粗糙，手指彎彎曲曲，突起的血管看起來有點恐怖。那手指摸著她的頭髮，眉毛眼睛鼻子嘴巴，沿著脖子肩膀手臂，「眼睛大大，鼻子高高，嘴巴小小，這麼漂亮的韻仔，誰說醜呢。」

嘻嘻……呵呵呵。爺爺的誇讚讓佳韻驚訝，從來沒人這麼說過。

她的胸口有種迅速抽緊又難以呼吸的感覺，他的眼睛明明看不見，該相信他嗎？

還來不及思考對錯，爺爺的手像在確定位置又像在輕輕揉捏著她的手臂和肩膀，佳韻渾身爬滿螞蟻一樣。

最後他的左手停在她胸前，每根手指忽然很活潑的蠕動，張開，收攏，張開收攏的手指，她非常不舒服，不禁扭起身體。

爺爺的右手緊緊扣著她的腰，像是坐在爸爸的小貨車被勒緊的安全帶，沒有一點掙脫的空隙。

「阿韻仔都沒乖乖吃飯，這麼瘦。」爺爺說完，忽然將乾枯的右手伸進她的上衣。

她心想，又來了。

繡著佳韻名字和學校名字的白上衣，鼓起了一塊，緩慢在白上衣底下移動的爺爺的手，彷彿從身體裡長出怪異的一隻手。

每次爺爺玩這個遊戲時，她都一直看著他的眼睛，灰濁的、陰森的顏色。所有的彩色筆她最討厭灰色，爺爺的眼睛是佳韻討厭的顏色。

啊啊啊啊啊啊——

有一次，爺爺的手始終沒有離開的意思，佳韻控制不了自己的嘴巴，開始大喊大叫，不知叫了多久，用盡所有力氣推開爺爺後，她連碗盤都沒收拾，跑下樓，跑出家門，跑到海邊。躲在那排防風林後頭。

整個下午整個晚上，海風颯颯，海浪唰唰唰地湧上沙灘又退下，她躲在防風林裡渾身發著抖。

直到爸爸在海邊找到她，背著她回家。隔天，她無法去上學，發燒至四十度。

當時，父親並不知道發生了什麼事，只跟她說，母親不在也不能這麼貪玩。她很想和父親說貪玩的人不是她啊。那時候她已經升上小二。

父親跟她說，母親和她一樣貪玩，去遠方旅行，玩累了會回家的。

後來，又經歷幾次閣樓上爺爺怪異的手的遊戲，還好爺爺看不見，佳韻總是可以很快逃掉。

她不知道所有的爺爺是不是都這樣檢查孫女長成什麼模樣，漂不漂亮？還有一次，她又上樓去送便當，不久，父親跟在她後頭拿了一盤水果上來，他明明看見爺爺的手在她身上玩著遊戲。她永遠忘不了那天，他就這樣愣了一下，像是被雷公劈到整個人站在原地不動，他大叫一聲，爸——

他靜靜地收拾桌上的便當，叫她先下樓，不一會兒，父親也下樓了。

父親目擊爺爺對女兒做出怪異舉動，那差一點要窒息在他父親胸口的那個女孩，是自己的女兒，他竟然裝作沒看見。

佳韻那時還不懂那種感覺叫失望。

後來父親說以後不要再送便當，讓她待在房間，門要關好。

明明失明的人是他的父親，在那一瞬，他的眼睛卻死掉了。日子久了，佳韻成長到足以分辨那不是失望，而是心如死灰的絕望。

他選擇戳瞎自己的眼。

父親一樣照顧爺爺，只是不讓她單獨和爺爺相處。

爺爺偶爾會走下樓來，佳韻總是藏身在房間並一再檢查門鎖是否鎖上。她捏著父親寄來的棉被回憶著，好像從那天開始，父親刻意躲著她的視線。

後來父親有意無意說著，爺爺放出來後，眼睛又看不見，成天意識渙散，整個人都不對勁。親戚聚會也會交頭接耳傳說，爺爺最不能忍受的是兒子們欺負他瞎了眼，一個將他的土地全數轉移到自己名下，另一個兒子的老婆不堪長期照顧又病又瞎的老頭跑了，這個傻兒子背負渾身債還咬牙拖帶著老父和女兒，父子活得一樣痛苦。

即使如此，佳韻還是不明白父親當時為何要閃避？如果他不去碰觸那地雷，那空間就能隱形嗎？

後來，她到北部念書離開海邊的家，那塊記憶被刻意遺棄在那裡。

她毫不留戀那個家，大學四年除了除夕春節回去吹個海風，勉為其難過上一夜。她總是立刻回到空蕩蕩的，同樣也不屬於自己的地方，臺北年假讓臺北成為空城，填充著不想回家的遊魂。

爺爺在宜蘭的家只住了短暫一年。應該說，他永遠沒離開過那個小房間，他將自己打了一個繩結，懸在頂樓小房間上的鐵架。

連死亡也帶不走她對那個家的恨意，恨比愛的力道還要可怕，這是她從自己的身體察覺的。

她永遠忘不了瘦小的母親曾卑微地趴在房間抹著爺爺黏稠乳黃的嘔吐物，迭聲說著，對不起對不起……父親則一把推開她，大聲斥喝她，不是交代過不新鮮的魚別煮給爸吃，妳怎麼老犯錯。

還有一次，母親牽著她的手，在客廳裡將音響轉得極大聲，她踩著母親的腳背，兩人搖來搖去開心的轉圈圈，忽然，父親抱著爺爺從樓上衝下來，他說，人都昏倒了——還有心情唱歌，妳的心怎麼這麼狠毒！

她以為自己不會記得這麼多細節，或許是太想念母親的緣故。佳韻隱約覺得自己的眼睛已失去清澈視野。

只有告訴自己看不見，看不見，就不必面對了。

佳韻多想將這件事攤出來，一個一個零件擺好，讓無尾熊看看，走到現在，三十歲的人生，誰沒有一兩件破事掛在身上。

有些沒有說出來的事，也不知道該不該說，彷彿一說出來，他們便無法維持平衡狀態。

現在的痛苦是未來懶散的存款。她這麼和無尾熊說。

人很奇怪，有工作時不想工作，沒工作又想著不工作怎麼可以。

就像她沒採訪時，閒著沒事在臉書隨便亂寫就是兩三千字，接到採訪想專注寫個五百字都感到痛苦。

佳韻想，工作是為換取金錢，讓人換取存活的食物和安身住所，痛苦大概就是為了支撐沒工作尚且可以懶散的代價吧。

他不屑的說，未來懶散的存款可以揮霍多久？

提到工作，他的臉又浮出介於陰天和雨天的表情，簡單來說，就是哭笑不得。

「你是不是要說，我沒資格揮霍，跟你說，揮霍，就像偷來小貓捲尾的時間啊。」

這是佳韻小時候發生的事，倒是可以和無尾熊說說，宜蘭那隻小虎斑，經過好幾年，現在都變成大虎斑了吧。

在宜蘭的快炒店廚房後頭，有隻不請自來的虎斑貓，坐姿非常優美，總是會把尾巴捲起來盤在併攏的前腳上。父親會趁牠坐好坐直的時候，快速地丟一尾小魚過去，然後說，就是現在，快摸摸牠。

當時還是小學生的她，常常蹲在廚房那邊看貓，蹲得腳都麻了。

父親才說完，她趕緊跑過去，摸摸貓咪的頭，貓咪不耐煩地鬆開小捲尾，頓時，她看見，伸過來的貓掌裡藏著尖銳的爪子。

父親說，看吧，小貓捲尾的時間要把握啊。咻地一下就消失了。

小貓捲尾的樣子真美。圓圓的，毛茸茸的尾巴，圍著腳掌，像是穿著絨毛靴。

母親離開後，望著小貓捲尾，什麼也不想，那是她唯一開心的時候。

長大以後，她發現生活比小時候更複雜，小貓捲尾的時間真的不多，想把握都沒辦法，尤其現在兼職採訪工作很快就結束了。

她不論怎麼形容，無尾熊都不會懂吧。

有次跟他說，她打工的小七門口經常有隻討摸討吃的賓士貓，好不好，收編這隻貓？

他還捏起她的腮幫子說，清醒一點，要拿什麼養貓，有固定工作固定收入，還可以考慮，不能讓貓有一餐沒一餐的，知不知道？

他不是不喜歡貓，而是不能借一點貓咪的溫度來柔軟自己吧。

說到工作，無尾熊說有在打工，不知打的是什麼工，神神祕祕，倒是很準時交房租和分攤家用，租金包含水電瓦斯五千塊，有他一起，老實說，讓人鬆口氣。不，不只一口氣，簡直是救命索。

她的採訪稿有時沒上稿被擠到下期或遙遙無期，多虧了他，否則連這個空中的立足之地都會失去。

佳韻不過想順便旁敲側擊問點什麼，他神色顯然有點慌張，說不出的怪，人是在她面前，內臟肌肉血液都不知跑到哪，整個身體是空的。

「我連高鐵都不敢坐，輸入身分證字號，即使買得到票，在車站也會被抓吧。我也想去便利店打工，但是都需要填寫基本資料，早晚還是會讓人知道我被通緝了。」

她不是不了解他的狀況，聊這話題，沒有逼迫他的意思。

啪滋，他一口喝光剩餘的啤酒並將罐子捏扁，垂著頭，繼續說，「連狗都有晶片，沒有身分的人，到底，要怎麼活？」

平常想問什麼總要掐頭去尾留中間，一點一點擠出來問他，怕他心裡不好受，難得他有說的欲望，說到最後卻不知該怎麼收拾這些亂糟糟的情緒。

「好啦好啦，我有什麼，你也有什麼。拋頭露面讓我去好了，你幹些不用身分的事也行。」一下子話就溜嘴而出，好像也不能這麼安慰人。

「什麼事，不用身分？」

「街頭藝人啊，小攤販啊，前天才採訪過的，他們很自由，自己就是老闆，到處跑點，你要不要試試看。」佳韻認真地說。

他沒回答。一把拎起老宋給的半袋土，收拾好空花盆和小鏟子，穿著藍色塑膠拖鞋，慢吞吞地走進房間，連經過她身邊的時候，視線也未暫時停留。

她忽然覺得氣憤，覺得自己比路人還不如，比他種的那些亂七八糟的香料植物還不如，比頂樓旁邊那盞路燈還不如。

「幹——你要不要工作，沒必要告訴我，也不必有壓力。我比較關心的是，你才三十歲，難道這輩子都要這樣躲躲藏藏？」她歇斯底里嚷著。

那根鯁在喉嚨的軟刺，那根因為時間和外力將被軟化的刺，一直吞飯喝醋騙自己的刺，一股腦地噴出——佳韻感到前所未有的輕鬆。

無尾熊此時卻繞到她背後，雙手環抱著她說，「我就喜歡妳這種俠女個性。妳有一把隱藏的刀，看不順眼，就抽出來砍殺，六親不認。」接著，又遞來一罐拉開拉環的啤酒，不管她現在想不想喝。

「嘖……六親不認。」

太討厭了。像背著丈夫藏好的私房錢被翻出來，對方早就知道她藏在哪，就是要掐準一個明明在上風看他怎麼回應真心話的時間，他便毫不考慮將她藏好的東西撒在面前。

他還不是老公，充其量，只是炮友。她又何必介意他說什麼，想什麼。

「說得好哇——我就是六親不認冷血心腸沒肝沒肺的人。我爸也這麼說我呢。」她甩甩頭，也甩甩啤酒罐上的冰滴。

佳韻明白其實卑鄙的人是誰，一直把無尾熊留在身邊，刻意不說傷人的話，不過是利用他，利用他的自卑脆弱來滿足自己。

如果她可笑的優越感，可以不要時不時跳出來，也不會顯得兩人擁有的是同等量的自卑脆弱。不，她比他還多。連這種自我反省沒人知曉的時刻，她都比他卑鄙。

他什麼都不說出來，這點，就贏了她。

老是為自己犯罪被通緝而感到在她面前低一階，她其實不知低他幾萬階，在深而無底的谷底仰望他。

一直存在的，只是看不見，藏得好好的。

就像城市裡的房子不總是醜不拉嘰的。這裡是公寓邊間，也有弧形的圓，鑲在頂樓邊上，是房子漂亮的花邊。

從下往上看，不過是普通舊公寓，誰也不會發現她和他藏身於此。

半空中的房間是城堡尖端的閣樓，以下所有人都沉睡，沒有紡錘出現，她也可以假裝睡著，一直不要醒啊。

有時，佳韻半夜睡不著，走出房間，一片漆黑，往右邊，越過女兒牆，是別人的家。

那些人也有房間，是一整個家，只留窄窄的通道，過不去。往左邊，也過不去了。

往前一直走，一直走，就是墜落。

大概想到墜落的畫面為止，天空，濛濛亮起來，很美，先是淡灰，紫羅蘭，橘紅，整個城市鑲上金邊一樣閃亮。

6 看不見的選擇

整個晚上她的姿勢沒變過，駝著背盯著筆電上臉書的即時新聞，不斷重複看著。

「吳偉進……問你一個嚴肅的問題，如果有認識的人出現在傷亡名單，你會怎麼辦？」

「妳很奇怪欸，為什麼非得是我認識的人。簡單啊，面對它接受它處理它放下它。」

他引用某宗教導師的名言，獲得佳韻翻了兩秒鐘大白眼。

他也不是故意耍賴亂說，而是每次發生重大災難，剛開始還會恐懼和憐憫，不需要多久，生活這個怪獸跳出來刷存在感，不自覺便忘了傷痛的人與事。畢竟他煩惱自己被通緝的事都來不及。

佳韻斷斷續續說著這件毛骨悚然的事，他不是無感，而是這麼靠近生活的死亡，太不真實了。

稍早捷運發生殺人案件，據說是個瘦高青年揮舞著尖刀逢人便砍，目前只知有人傷亡……一開始，他也很震驚，房間沒有電視，他的智障手機訊號不夠強就無法上網，唯有她的筆電能接收到最新訊息。

他發現只要是地震、空難、連環車禍……每次發生大型災難，佳韻總是失神地看著新聞畫面的傷亡名單。

「哇靠──有監視器錄下凶手砍人的畫面……太狂了！這人是神經病嗎？」她抱著頭無法置信的驚呼。

他湊近她身邊一看，畫面很扭曲，搖晃的濺血的地面，有人哀號，有人急急奔跑……

「好可怕，妳下午不是才搭過這站捷運。」他感受到或許將會發生的慘劇，緊緊抱住佳韻，將頭埋在她的頸窩。

她點擊滑鼠喃喃說著，對啊，差點就遇見殺人魔了，差點就天人兩隔了。

冷冷的，不帶任何情感的音頻，像過去她關注社會新聞的口吻。他陡地放開圈住她的手。

她仍然注視影片，一遍遍重複的看，毫無表情，看起來和置身事外的路人差不多。

他跳下床，穿著夾腳拖慢慢走到門外，蹲在那盆快枯死的馬拉巴栗旁邊，無聊的仰望天空，看起來也和影片裡遙遠的無關緊要的路人差不多。

住在對面四樓那戶人家，又開始夜間狂歡，從他的視線往下延伸，正好看見那中年男子握著麥克風瞇著眼陶醉高歌的蠢樣。

不只是中年男，小孩和老婆還有他老媽媽全都熱愛卡啦ＯＫ，每到假日吃過晚餐便是闔家徹夜歡唱，比電視節目還準時。從〈一剪梅〉到〈小城故事〉，〈落雨聲〉到〈家後〉，全無廣告空檔。有次整晚都是兒歌拼盤……從小孩尖細的童音到大人演歌抖音，時而江湖口吻的酒國英雄，時而斷續哭腔的花式歌仔戲音調，他不懂他們是預備參加什麼比賽必須勤於練唱。

「對面那家人真是夠了，都出現殺人狂了，還在歌舞昇平，如果不是老宋阻止我，一定檢舉他們——」佳韻的聲音從身後冒出來，她拿著一瓶過期一天的柳橙汁問說要喝嗎？

他接過果汁直接對著瓶口咕嚕咕嚕灌進喉嚨，接著剛才的話尾說，老宋濫好人啦，不想得罪鄰居就得罪租房子的年輕人，現實殘酷的社會只會要求年輕人這個那個，反抗一下就說是爛草莓。

「你現在的口吻，很像臉書那些留言訐譙殺人狂的正義婉君欸。」佳韻邊說邊往他胸膛用力捶了一記。

「婉君？我還表妹咧——婉君說話都不必打草稿啦，記者至少寫稿還會打點草稿。」

「看情況，打草稿等於寫兩次欸，沒那個時間浪費，我在意的人物才打草稿。」

她蹲得腿痲，索性不蹲了，盤腿坐在地上，把小板凳拉過來當桌子，將手機和果汁都擺在上面。

「我知道了——陳雨萱對不對，妳寫她就會打草稿。」

他得意地朝她挑挑眉毛，佳韻沒有讚美他的意思，反而站起身來，朝著頂樓邊上的女兒牆快步走去，她握緊拳頭往天空一揮，大叫——難聽死了——

她和對面嗆聲也沒用，現在唱的是〈雙人枕頭〉，「你是我，你是我生命的溫泉，也是我靈魂的一半，為著你，什麼艱苦，我嘛不驚……」

如果這戶愛唱歌的人家住在陳雨萱隔壁，肯定很精彩，光聽歌聲就可以在腦海描繪出人家的長相和個性了。他忽然想到佳韻曾經這麼說，那個眼睛看不見的女孩不用眼睛就好像真的看見什麼一樣。

真是如此，還要眼睛做什麼？像是晚上發生隨機殺人案，被砍殺的人，他們都看得見，卻還是被殺了？他腦子有點混亂……不知道這樣連結陳雨萱和無辜被殺的人對不對？

對面仍在狂歡，完全不知道有人在對面頂樓長期忍耐著噪音，也不知道整條巷子的人都暗自討厭他們，大剌剌散播歡樂本身沒問題，有問題的是讓別人痛苦，這樣的歡樂就存在罪惡。

他不知道自己為什麼變成無法同理人家固定放聲高歌也是抒發壓力，他以前上班時同事偶爾也會約去KTV鬼吼鬼叫，或是去棒球打擊場瘋狂飆打120Km，像是存心打爆手臂那樣，反覆的上下班家裡公司兩頭折返跑，只是需要個出口，就可以迎接新的一天……

他也想回到以前每個週休晚上唱唱歌，日子還是一樣過，就像早晨都還能看見太陽升起就好。每一天還可以期待，那才是活著真正的意義。誰都有說不出口的壓力，就連他這樣東躲西藏的人也有說不出的痛苦，他漸漸失去同理別人的能力，因為也沒有誰能同理他，這還挺公平的。

東想西想，他覺得自己腦子也有病，只是沒有病入膏肓拿著刀去將無辜的陌生人捅出一個窟窿，讓他們體會一下到底誰的傷口比較痛而已。還好他缺乏這麼做的動力，光是放在腦袋想想就覺得疲累。

他走到佳韻身後，再度從後面抱著她，他很喜歡將嬌小的她整個包覆起來，像是百合花還沒展開的花苞一樣，兩個人的頭都垂得低低的，望著對面握著麥克風搖來搖去的歐巴桑。

「如果讓你選某個感官或是器官消失，你要選什麼？」佳韻說。

「什麼意思？」

「譬如有些人因為意外，獨臂或是腳被截肢，有些人遺傳性基因耳朵聽不見，不能說話，還是和陳雨萱一樣看不到？」

「都可以啦。遇到殺人狂，已經很荒謬了，這還能選嗎？」

「欸，像是剛剛發生的隨機殺人，被砍殺的人或許會失去手腳，在今晚之前，他們可能無法想像，身上某個器官，一夕之間都消失……只是預想看看。說說看啦，你要選什麼？」

「我跟陰溝老鼠一樣，人生已經夠慘了，還要當盲人或啞巴，我倒想聽聽看，什麼器官消失妳會不在乎？」

「我想失去我的手。」

吳偉進看著佳韻說這話的表情看起來很認真，一時也不知如何回應。他搖搖頭，鬆開她，像鬆開結塊的培養土，手中殘留泥和沙的觸感，握不住就不真實。他側身靠在女兒牆上，問她是不是發生重大新聞忍不住想要跑去現場？是不是寫稿走火入魔，想體驗殘缺人士的心理也不是非要失去什麼東西？

「拜託——妳還得靠雙手打字寫稿，別異想天開了。」他背對著她說。

那天佳韻倒是沒再說什麼，只說要再去關注一下殺人事件，要他先睡別等她了。

●

「幹——妳整晚沒睡——」

吳偉進睡到十點才起床，發現佳韻還是昨天那個姿勢，坐在電腦前面，盯著螢幕，佝僂著背。

見她眼神呆滯，毫無反應，他晃到桌前，伸手橫在螢幕前面，她頓時瞪大眼睛叫喊——

「幹嘛啦——不要鬧……」

他捏起她腮幫子說，「誰鬧，妳才鬧，看看妳，黑眼圈比熊貓還要大，快去睡啦。」

「好啦，等下就去。」

嘖。他無奈地自己下個結論。又在敷衍，等下，就是不知道多久之後的等下。

他打開冰箱，又關上冰箱，昨天就已經彈盡糧絕他忘了。

隨便從床頭抓起一件T恤，湊近鼻子嗅嗅，有點臭，可以穿去工作回來再洗，他俐落地將自己裝進T恤裡。

出門囉，今天有工作，他說。晚點帶好吃的東西回來。等下一定要去睡知道嗎？

下樓梯前，轉頭又看了佳韻一眼，可能有什麼棘手的稿子寫不出來吧。她仍微嘟著嘴唇，注視螢幕，她認真的時候，看起來總是莫名可愛。

想著今天會發工資，他有點得意，佳韻的稿費得要月初才會轉進帳戶呢。

他不想承認有錢會讓兩人的關係稍微不緊張，因為沒錢的時候，他們也沒有比較少爭吵。不過，有好吃的食物，佳韻總會開心一點。上個禮拜發工資時，他買了當季的新鮮烏魚和一盒生魚片回來，吃得滿嘴滑溜時，她還抓著他說，這個海鮮弄得太好吃了，不輸給她開餐廳的老爸呢。

到了一樓，正在想著該買什麼做晚餐，帶上紅色鐵門時，恰好和老宋碰個正著。

老宋外出不分季節一向穿著短褲和黑皮鞋，不過今天居然戴著安全帽，手裡還握著一柄便利商店的黃色塑膠長傘。

「咦？出門啊，今天有工作嗎？」

「對，工作。咦？老宋，你這時不是要看ＮＢＡ，怎麼也出門啊？」

他抬頭望向天空，飄著幾朵白雲，更遙遠的天際也一片晴朗。老宋平常不騎車，此時戴著安全帽，也不需要拿傘當拐杖的，整體感覺有點怪異。

「搭捷運嗎？有的話，小心知道唄。昨天有沒有看新聞，冷血殺人魔啊——格老子的我古寧頭大戰沒死，搭公車不知道會不會被捅死——」老宋面露凶光咬牙切齒說道。

原來如此。難怪如此打扮。匆匆和老宋點個頭，表示趕著工作時間來不及便順利脫身了。

老宋大概被昨晚的殺人事件嚇壞了。連警察來抄走隔壁吸毒的木瓜女孩，去警察局協助做筆錄都不怕，他從未看到這老頭怕過什麼。

記得老宋客廳還貼著〈好了歌〉，老宋曾經指著「古今將相在何方，荒塚一堆草沒了」這兩句話說，以後他的墳就刻這兩句得了。一輩子只會打仗，榮退後連個將相都不是，老死自己封侯算數。

交代後事一副看淡生死，實際上死到臨頭，老宋可能就覺得歹死不如賴活著吧。

何況，死得冤枉，死得不明不白，誰能接受這樣莫名其妙的死法呢？命運的選擇是看不見的。他不知道自己怕不怕，這不是氣象報告，無法預知，也不是恐懼害怕就不會發生。

來到市場的時候，早市許多攤位都在準備收攤，竹簍和塑膠箱子四處散落，有人忙著整理蔬菜水果和雜物，也有趁著收攤前撿便宜的兩三個歐巴桑還圍在老闆身邊殺價。

他到鐵皮屋棚架後頭取出打掃工具，順便將橡膠水管接上水龍頭，拉好水線位置，準備從已經清空攤架的那幾攤開始作業。收拾好菜葉殘梗爛果碎渣，將混合血水鞋印的通道，以水柱和清潔劑盡力噴灑之後，看起來又是乾淨明亮的樣子，他很滿意。

一攤又一攤，重複的動作，不需要思考，他很滿意。

不過，他發現整個市場後段攤位已經收得差不多，前段攤位卻還有一大半沒收完，罕見的延緩收市，路口那裡聚攏了幾個老闆，不知在議論什麼。

他提著水桶和長柄刷子往前段攤位走去，隱約看到攤位上鋪著幾張報紙，聽到一些關鍵字，什麼夭壽喔，四個人死了，二十幾個受傷，有個女人還說「你已經砍了四刀，請你不要殺我好嗎？」人肉鹹鹹啊——那是賣水果的珍珠阿姨尖銳高頻的聲音，每次鑽進吳偉進的耳朵總是很不舒服。

他們說的都是昨晚發生的事。

吳偉進瞥了一眼攤位上散落的報紙，「血洗臺北捷運，大學生捅死四人」，聳動的標題，車廂躺臥著渾身鮮血無辜被刺殺的乘客，看起來怵目驚心。

這個話題連平常看起來很斯文的市場口賣饅頭的阿德哥都加入了。他說，報紙寫說，這個捷運殺人犯從小就想幹大事，還跟警察說，「我從小學時就想自殺，不過沒有勇氣，只好透過殺人被判死刑，才能結束我這痛苦的一生。」想不通啊，這孩子怎麼會從小就對人生這麼絕望呢？

阿德哥平常沒客人就會看一些書報雜誌，他講的話吳偉進覺得很有道理，大概是這個市場唯一站在凶手那邊的好人。

「我聽你咧講嘐潲話，阿德仔，刣人放火，愛受刑罰，犯法的人，隨時愛準備食罪。」果然珍珠阿姨立刻吐槽回去。

阿德哥悻悻然地捲起報紙，突然看到吳偉進拎著打掃工具站在攤位旁，就順勢說時間不早大家快收市啦——進仔來打掃啦。

在市場討生活的頭家們其實對社會上的小大事都很敏感，吳偉進觀察到如果汽油漲了，蔬菜水果攤老闆就會哀號生意會掉兩成，股票跌了，賣烘焙點心和烤雞烤鴨的頭家就會碎碎念，生意已經夠差又要更差，誰有閒錢加菜享受啊。

賣東西的人渴望生意興隆，買東西的人希望有足夠金錢換取足夠的食物，這樣的願望非常平淡，就是普通生活而已。

可是，經過昨晚的無差別殺人事件，有的人連這樣平淡而普通的生活都失去了。

吳偉進一遍又一遍將地面的褐色汙水往下水道的鑄鐵水溝蓋掃去，汙水沿著鐵蓋柵欄流入瞬間，露出柏油的乾淨地面又能再次提供人車通行。

他現在能活著打掃市場，能混點臨時工餬口，誰也看不出來他曾是個騙子吧。

本來，他是個不相信命運的人，發生昨晚的事件，他覺得自己有點相信了。

真正的壞人是什麼，他不知道，或許他那些吸金又捲款逃逸的狐朋狗友算是壞人，還將過錯讓他獨自承擔，簡直壞透了。

不過，殺人不眨眼的這人，還是個大學生，人生就這麼結束了。父母和弟弟說就是平常愛打電動的格鬥殺人遊戲，老師和同學也說這人平時雖然很怪異，實在不敢相信他會犯下這麼可怕的瘋狂殺人案。

他其實也有個不算瘋狂的想法，這輩子或許也不可能實現，但命運何時要捉弄人，也很難預料。

如果昨晚在捷運上，在這場屠殺莫名其妙被刺死，好像還死得比較高尚，總比這樣不見天日的躲藏要好吧。他不禁偷偷這麼想著。

7 只有祕密能交換祕密

昨天和今天已經不一樣了。

今天和明天也不可能相同。

這兩天，佳韻將幾個報紙和網路媒體的報導仔仔細細閱讀，並沒有發現那個名字。她不知道自己是害怕或是期待，如果真出現母親的名字，又該如何？

死者、傷者，網頁上的名字開始自行排列組合，甚至出現不像名字的名字。

佳韻忍不住懷疑自己的記憶，究竟記得的，真的是一個名字嗎？

每次發生重大傷亡事件，比對過名單，確定沒有熟悉的那三個字，她唯一能確定的事，便是下一次逢到天災人禍，至少又能進行搜尋和比對。

難道她還對離家出走的母親懷抱重逢的念想嗎？

溫馨大團圓的畫面絕對不是她想要的，或許她一再比對的是和母親存在的血緣牽繫，並且想望母親在茫茫人海也曾如此搜尋過她。

無差別殺人事件發生的那一晚，她又再次徹夜不睡搜尋每個細節，無尾熊大概認為她嗅到可以採訪可以大做文章，她感覺到他鄙視的眼神。

她什麼都不想說，真正的原因，連自己都不明白究竟是什麼。

新聞報導表示，捷運發生事故的路線每日搭乘人數已銳減十四萬人，還有人只是在捷運上拿出計算機就被當成疑似心懷不軌的行凶者。

搭捷運時，她發現周遭戴口罩和拿長柄雨傘的人的確變多，也比較不敢一直低頭滑手機，佳韻不由自主繃緊神經注意車廂動態，有人咳嗽幾聲，大家不約而同朝著音源注視著。

此時，有個約莫兩三歲的小男孩掙脫母親的懷抱，摸著她的腿，雖然她穿著牛仔褲，還是驚嚇得往後跨了一步……以前會覺得小朋友真是可愛，甚至摸摸他的頭，和他馬麻交換一些資訊，幾歲啊，要去哪裡玩。

現在，她最好克制自己，什麼都別做。

永遠都會有更大的新聞淹沒前一個人人談之色變的事件，便利的大眾運輸工具成了密室殺人現場，這也是暫時的恐懼。不久之後，大家又會恢復原來的日常。

生活這兩個字，大概就是生而為人、必須懂得苟活，順應社會而活的意思吧。

工作工作，佳韻朝著雨萱家的方向走去，去做最後的採訪。

她拿出手機檢查有沒有更新的訊息，沒有，代表約好的事沒有改變。

一開始，她也覺得盲人會使用手機很神奇，後來才知道自己孤陋寡聞，智慧型手機功能不乏語音辨識，這對小萱而言不是難事。

所有會發出聲音的工具，就像為看不見的人指路。小萱也和一般年輕人同樣倚賴新型的觸控式手機，差別在於下載電信公司開發的盲用APP，可以查詢公車班次，也有GPS定位，特殊的拍照辨認物品的語音功能……光是手機，佳韻就可以寫出一篇業配。

她好奇地問過小萱，為什麼要接受這個採訪，豈不將自己的私生活赤裸裸曝光，忍住沒說出口的是……何況還登在三流雜誌上。

「我算是很幸運的盲人了。有固定的工作，而且也喜歡這樣的工作，有舒服的住處，房租還有協會補助。我有些盲人朋友沒有這麼幸運，既然有機會讓大家認識盲人的生活，還有生活上種種困難，我可以做到，為什麼不去做？」

小萱反問佳韻的神情，她始終記得。那清澈無明的眼睛，彷彿本來就該如此，為什麼不去做？

這問題很簡單，大部分的受訪者總是先想到自己，怎麼可能為了別人去做。

可是佳韻什麼也沒回應，彷彿說出她所想，就是承認明眼人自私自利，輸得徹底了。

小萱住在距離捷運不遠的舊公寓二樓分租套房，這是她在北部第四個住處。佳韻按照住址走到公寓樓下，她已笑盈盈站在門口等她。

打開大門，這次不用帶路，緩緩地跟隨她的步伐走到二樓，佳韻想還好不是住頂樓，光是彎彎曲曲的階梯，看不見，該怎麼計算樓層？

小萱嫻熟地推開家門，轉身從玄關的鞋櫃拿出拖鞋，接著信步移動到公共小客廳，再走到靠牆的桌子邊拉開椅子，桌面擺著茶包和馬克杯，還有幾片手工燕麥餅盛放在青色小碟子。

桌上還有電話、電腦、手機、小音箱，橫向排列的物品，上次到家裡採訪小萱時，她說很少更改物品的位置，這是必要的秩序。

她先是俐落地按壓熱水瓶，精準注入的熱水停在玻璃壺口三分之二的位置，兩個有史努比卡通圖案的馬克杯，連杯底都洗得很乾淨。所有的動作自然流暢，就像每個人家裡有客人來也會如此接待，如果有監視器錄影畫面重新播放，觀看影片也不會發現小萱是個盲人。

佳韻現在還是會下意識比較明眼人和盲人的差別，明知是歧視，卻無法改掉這樣的習慣。

熱水注入茶壺時，依照茶壺的盛重力可以得知容量，家裡還有許多特殊裝置會說話，時鐘、熱水瓶、電腦都會適時提醒該做的事，不要以為眼睛看不見就什麼家事都不能做噢。小萱俏皮地眨著眼解說。

空曠的客廳，是個長方形空間，短邊是和小萱同樣在視障協會上課的女朋友房間，長邊沿著四方牆壁分別擺放著簡單家具。兩張學生書桌和兩把靠背木椅，一個五斗櫃與牆面掛架，除此之外，別無長物。

之前兩次採訪都在咖啡館，再次到小萱家，依然空蕩蕩，一個家實在不需要太多裝置，需要的可能都是心的貪婪。

小萱即使領取身心障礙的租金補助，食宿交通加起來還是很大的開銷，或者她和她一樣當這住處是借來的空間，沒有生根散葉的情感。

佳韻再次拿出雜誌社專用的相機，隨意拍幾張照片，發現這裡有點像她小時候在作業簿所畫的娃娃住的房間，線條和顏色都很單調，櫥櫃桌椅的功能倒是無一不缺。

看得見的人，眼睛需要被滿足被取悅，大面積的家具，像沉默的家人，視覺牽引知覺，選擇一件家具不只是功能，款式和顏色都要討自己喜歡才行。

或許，對看不見的人而言，顏色存在的意義近乎於零，繽紛的顏色都是為了明眼人而存在吧。

再次被空曠小客廳震懾的佳韻，忍不住思索了這些，她和小萱說，看得見的人，真的好貪婪。

「從來沒有人跟我說這些，妳的想法好有趣噢。不過，我不想那麼多，反正眼睛已經看不見，想這麼多也沒有用。來吧，趁我還記得，趕緊把工作照片給妳看看。」

小萱低著頭打開盲用電腦，照片檔案有在客服部門接聽電話的狀況，同事圍著慶生將蛋糕抹在她臉上，無障礙協會的朋友一起去陽明山竹子湖採海芋，甚至還有池上的伯朗大道騎腳踏車……

不知道是不是先天缺乏的人，就只能樂觀面對，擁有許多資源的明眼人，一切都是理所當然，所以不容易滿足呢？

佳韻疑惑地問，「難道，妳從來沒有怨恨過父母，為何不考慮和家人一起住，減輕一些經濟負擔？」

「嗯，如果可以，真的好想和家人住在一起。但是，父母都去世了。爸爸在我念小學，眼睛還看得見，肺腺癌發現就已經末期。媽媽也是盲人，本來她在家裡做點手工，在我開始上啟明學校時，也跟著上下課學習按摩的技能，媽媽按摩的技術比我好噢。她很快就掌握了訣竅，後來跟著一些盲人到車站或是公園這些定點接客按摩，結束後晚上自己回家時，她被酒駕的車子撞傷，因為腹腔大出血，送到醫院沒來得及救回來。」娓娓訴說身世的小萱，臉上沒有過多的哀傷，但嘴唇微微顫抖著。

佳韻有點後悔又問了無謂的問題，為何盲人一定要和家人住在一起，小萱好不容易靠自己的力量在都市謀生，無所不問的記者卻再度打擊她。

「我好像能夠體會妳的孤單，就是這個世界上除了自己再也沒有別人可對自己好了。其實我也沒有媽媽……正確來說，是我媽在我小時候就失蹤了。然後，我爸就自暴自棄，大多住在店裡，喔，我們家在宜蘭海邊開了一家海鮮快炒店。我跟沒人要的孩子一樣。」

「佳韻姊……沒想到這麼爽朗的妳，家庭居然是這樣的。」

彷彿只有祕密才能交換祕密，她沒想到自己會自然地對小萱說出母親失蹤的事。

接下來，她們不再是記者和受訪者，是兩個處境相近的女孩。

她們回想母親還在的時光，在快要遺忘的過去時間裡，究竟錯過了什麼。

「問個沒禮貌的問題……哎呀——我為什麼總在問妳沒禮貌的問題？」

「沒關係，妳當我是朋友，才會沒禮貌對吧？如果妳是同情我的，就不會對我沒禮貌了。我是這麼想的噢。」

不管佳韻聽幾次噢的尾音，還是如同第一次聽到那樣，不做作，只屬於小萱的語氣，不讓人懷疑她所說的一切。

佳韻拿起桌上已經冷卻的紅茶喝了一口，潤潤唇，沒禮貌的問題實在頗難啟齒。

「妳的父親，應該是看得見吧？」

「咦？我好像沒說過？他看得見噢。」

「我猜的。採訪妳之前，查過許多盲人的資料，發現看不見的女性如果結婚，大多希望選擇看得見的男性，這是基於一種安全感吧。上次妳說到童年，爸爸無微不至的照顧，我直覺他是看得見的。」

「對噢，爸爸看得見，他真的很有勇氣，大概推翻了整個家族的意見，堅決要娶我媽。不過，我媽媽也很有勇氣噢。她說懷孕後產檢問醫生，青光眼會不會遺傳給孩子？當時鄉下小婦產科沒有先進的器材可以檢測，醫生說得很含糊，可能會，可能不會，但是媽媽還是決定生下我了。」

「小萱啊，我不覺得這叫做勇氣……生孩子這麼重要的事，怎麼可以拿來賭賭看……」佳韻勉強自己吞下愚蠢兩個字。

「真的是勇氣，媽媽跟我說過的，我已經可以倒背如流了。她說，因為妳在我的肚子裡，我就是個媽媽了。不論妳長得美或醜，眼睛耳朵有沒有缺一個，我都會愛妳，因為我是妳的媽媽。媽媽當時是這麼跟我說的噢。」

聽到小萱一字一句清晰地說出媽媽說過的話，佳韻眼眶熱熱的。她已經很久很久不曾流淚，看感人的電影也哭不出來，爺爺去世也沒哭。她以為時間已經將自己磨成鐵石心腸，很難有什麼事能讓她感動。

這一瞬，佳韻想到失蹤的母親。她繼續訴說自己長長的故事，還是在那空曠的小客廳，但是小萱不停發問著，佳韻此時變成受訪者了。

「妳的媽媽，真的，從此就沒有回過家？也沒有任何消息？」

佳韻搖搖頭，隨即意識到小萱看不見，才補上一句，再也沒有這個人的消息。沒有信沒有電話，沒有沒有，什麼都沒有。她成為沒有媽媽的孩子。

「她真的很不負責任，我們家親戚都這麼說。」

「好震驚噢，我不知道該怎麼安慰妳。但是，不管怎樣，她還是妳的媽媽對嗎？」

「是，她還是。」

佳韻很訝異自己堅定地確認這個答案。一個不負責任的母親，就沒有資格身為人母嗎？還是因為她不再是脆弱的小女孩，經過漫長的時間，她可以了解就算是媽媽也不是無所不能，她也有她的困境嗎？

如果佳韻的母親是喪失資格的母親，那麼，小萱的母親從懷孕開始就擔心自己的青光眼也許會遺傳給孩子，小萱說念小學時因為視力檢查而驗出不正常，她的母親曾經想要帶著她一起離開這個世界。究竟哪個母親才是不負責任？

「這麼一想，我的媽媽好像更不負責啊。但是，我只要想到，她眼睛都看不見還是生下我，她這一生根本不知道我的長相，她還是這麼愛我噢。我就不恨她了。」

小萱敘述成長過程時，佳韻無法抑止激動的情緒，她筆直注視著小萱，看不見所有，卻能看見愛的形狀，這究竟是什麼樣的眼睛。

看得到的人只看見瑕疵。佳韻覺得自己很糟，這個世界很糟。

明眼人以自我經驗的世界去看待盲眼人的世界，認為自己的思考、作為、生活方式、繁衍後代才是主流，到底有沒有人想過，盲眼人也非常想和喜歡的人相知相守共度一生，一起生個可愛的孩子？

看不見孩子的長相，仍然盡心盡力的教育撫養並且無條件的愛她，即使一輩子都不能看見這孩子如何從嬰兒一點點長大成人，看不見所有喜怒哀樂的表情，看不見孩子渴求父母看著他的眼神……卻還是無條件的愛著。她不知不覺在小萱面前流下沉默的眼淚。

她這一生根本不知道我的長相，她還是這麼愛我噢。

佳韻在心裡重複這兩句話，喉嚨乾乾的。她也想這麼和離家多年的母親說。

採訪結束，佳韻心裡擁擠著惆悵的情緒，思量不搭捷運，若走路回家，大概要兩個小時。

才走到騎樓附近，有個大學生樣貌的年輕女生過來發面紙。她順手拿了，立刻抽掉塑膠套裡的廣告紙，贈送的面紙薄得透明，禁不起考驗，一擦就破，像偷工減料的豆腐渣工程。她決定等下再從那個發眼膜的前面晃過去，再拿一枚。

仔細想想，沒有偷的念頭在心底搔癢，她貪小便宜。

大學四年除了便利商店打工，也發過廣告文宣，派發的宣傳單廠商五花八門數量不定，建築公司建案、SPA美體塑身、新開幕日本電視冠軍拉麵店……每到月底打工薪水還沒發，翻遍租處小房間，翻不出任何遺落在外套口袋或掉落在床下的銅板，沒飯吃沒水喝沒衛生紙可用，只好拿著空寶特瓶去學校飲水機灌水回去喝，也曾將女生廁所整卷廁紙藏在提袋裡帶回家。

不只是她，同學啊，學弟妹，都曾幹過這類賴以苟活的事。後來畢業聚會，總有些狗屁倒灶的蠢事被爆出來，大夥打打鬧鬧彼此推諉責任說，「都是你啦，有你們這些損友，一世清白都毀於一旦！」

她也認真想過到底為什麼老愛偷東西？

儘管只偷過幾次，偷的還都是不起眼的小東西，沒有格局不成氣候。偷，畢竟還是見不得人的破事。

偷，這字本身就鬼祟，不登大雅之堂，若是竊盜，多麼氣勢磅礡，就是得幹一票力拔山河整個搬空讓人傻眼的大盜之行。

走路，很適合胡想瞎想，佳韻還想起自己第一次偷東西，約莫是，媽媽剛失蹤的時候。

那時念小二，讀半天回家，媽媽居然不在，電鍋沒有便當。

她打開櫥櫃和抽屜翻找，最後發現一包乾燥白麵條，放進嘴裡咬是硬的，難吃。還有兩個罐頭，上面有魚的圖案，但是她打不開。好不容易翻到像是能吃的東西，打開紙盒，不過是白色粉末，後來才知那是味素。

最後，沒辦法，她蹲在家門口，看著空蕩蕩的巷子，電線桿短短的影子，有隻很胖的橘子顏色的貓，慢吞吞地走過去。

隔壁雜貨店的糖果餅乾蜜餞，裝在透明玻璃罐，在午後陽光下閃閃發亮。

佳韻和貓一樣，若無其事走過去，朝店內張望，沒有人。她伸出手，最近的距離，黏在抽牌紙上有幾包王子麵，心想只拿一包，不會有人發現吧。

等她意會過來，王子麵已緊緊捏在手心，整張臉都在發燙，心臟彷彿去看廟會的擂鼓點，想要一鼓作氣從身體狂奔出來。

看著黏在腳下的影子，很短，幾乎快要消失一樣。整條巷子，只有她，還有她的影子。

她轉身跑回家，一口氣跑到透天厝樓頂，爺爺好像在午睡，佳韻決定躲在他房間外頭的小露臺，由花磚砌成的女兒牆往下張望。

整條巷子，灑滿亮晶晶的光線，頂樓的她的影子，長出了角，很邪惡。

還好爺爺眼睛瞎了，看不見她做的壞事。她鬆了一口氣。

一會兒又很哀傷，她比較不出偷東西和爺爺玩的遊戲，哪個比較壞？

她決定吃掉一半王子麵，把剩下的撒在頂樓排水凹槽。佳韻回想起來，這麼小，就嫻熟散盡贓物的手法實在很可恥。

當時，一直等不到媽媽，傍晚，終於等到了爸爸。

她仰頭看著爸爸，他的鬍碴都冒出來，臉髒髒的。她摸著肚子說好餓好餓，餓到又好像不餓了。

爸爸沒說話，嘴角微微抽動，像哭又像笑的表情有點醜，他低著頭走進廚房開始淘米做飯。他的背，一聳一聳，吸著鼻涕，她想爸爸該不會感冒了吧？

聽到菜刀在砧板的的篤篤，肚子再度餓起來，她有點安心。

奇怪的是，肚子餓了，心裡爬著癢癢的東西，一點一點咬著胸口，接著汗從額頭和腳底冒出來，呼吸不到空氣那樣，很難受。

這是怎麼回事？她想起頂樓，一直攀爬在身上那股炙熱搔癢，這時，消失了。三步併兩步爬上頂樓，在女兒牆下，仔仔細細搜查，發現所有麵屑都不見了。

她裝作什麼事都沒發生，下樓去，吃光爸爸炒得焦焦的蛋炒飯。

長大後的佳韻只想忘記這個下午，就像媽媽的失蹤，如果也沒發生該有多好。媽媽只是去了遙遠的地方，忘了回家時間。

後來，她想偷東西時，偶爾會想起小時候，被逼到極限才會伸出的那隻手。

每一次，都沒人發現這世界有什麼消失了。

那隻手，只好一次又一次伸出去。每一次佳韻都痛苦的這麼想。想到這裡的時候，剛好已經走到家門口。

她朝上望了望，頂樓的位置，心裡默默下了個決定。

8 無尾熊與看不見的女孩

「我都叫他無尾熊啦，妳也可以這樣叫他噢。」

佳韻模仿小萱的聲音還挺像的，吳偉進看著面前這個看不見的女孩，聊天時，他們總是這麼稱呼她。

她說這樣比叫盲人還要準確，佳韻說，盲人可不是眼睛死掉的人，而是他們看得見的東西小萱看不見。

佳韻說得一點沒錯。隨著相處的時間越來越多，他彷彿也感覺小萱是看得見的，睜著死掉的眼睛，混吃等死過日子，說的就是他吧。

吳偉進望著玉米鬚旁邊那個像餅的玩意兒，像橘子的顏色，還沒入口，唾液開始從喉頭湧出，他猜是烤鮭魚加上山藥？這麼貴的下酒菜，林佳韻很大器的點下去，他很珍貴而緩慢的吃著，鮭魚碎末鋪在山藥上意外合拍，滑脆鮮美的口感好特別。烤鮭魚山藥旁邊那炸物，是酥炸苦瓜，吃起來像多力多滋，完全不會苦的苦瓜，每天吃這個都不會膩啊。

窮人好心酸，連好東西都吃不起。他想起以前和同事一起到這種地方，總是點滿桌菜，燒烤燉煮和漬物，手指到哪頁就豪氣地說，全都來。以前，不久以前還是這樣的人，現在已經變成窮酸又腐臭。

佳韻正在為陳雨萱解釋菜單，那個看不見的女孩笑著說給她點個汽水果汁就好，辦公室有同事慶生她吃了好多蛋糕點心什麼，實在吃不下了。看起來很客氣的女孩，笑起來左臉頰有個深深的酒渦，初次見面，吳偉進覺得應該不會有人不喜歡她，尤其她眼睛又看不見，連他都忍不住想要照顧她。

這個念頭浮現，他嚇了一跳，自己居然會有這種溫柔對待其他女孩的想法。

他偷看一下佳韻的反應，還好兩個女孩頭碰頭仍在研究菜單。正確來說，是佳韻熱烈地勸小萱再吃點炒烏龍或烤飯糰，這裡的小菜也很美味，小萱只是側耳認真聽著。

他停下擦著熱毛巾的手，拿起另一條還沒打開的毛巾，想著要不要遞一條給小萱，佳韻立即伸手接過並將熱毛巾展開放在小萱的手心。

小萱笑瞇著眼說，啊，是熱的噢，好舒服。

有酒渦的女孩感覺笑起來，那個笑容要淹死人的甜蜜，然後她的眼睛瞇成彎月形狀，不知道狀況的陌生人經過這裡，大概也不會發現這女孩看不見吧。

他知道自己這樣很沒水準，心裡那個天秤不停搖擺著，他也不知道自己為什麼自從小萱來到小酒館，就自動比較著正常女孩和看不見的女孩，兩者的差異。

為了轉移注意力，他餘光瞥見牆上貼著SAPPORO海報寫著「暢飲才過癮」，心裡開始撥著算盤到底該不該點生啤來喝，菜單上還有一排聽都沒聽過的食物，他大概有一年沒有和朋友一起喝點小酒打屁什麼的。不過，光是看逐一猜測料理的方式也很過癮，他決定省點錢還是別喝酒了。

「如果你一句話也不說，我記不住你的樣子噢。」

他正出神在生啤和菜單游移時，小萱突然出聲問他話。

佳韻跟著眼睛一亮，興奮地抓著他的手說，「對啊，你說說話嘛，小萱可以參考你的聲音，描述一下你的樣子喔。」

「呃，也不是不說話，是我現在不知道該說什麼……所以……妳覺得林佳韻長什麼樣子呢？」他感興趣的其實不是自己。

吳偉進邊說邊站起身，順手接過服務生送來的飲料。「咦？佳韻妳點的這是什麼酒？」

「柚子酒啊，攝影師同事寄在這裡的，他說幫他喝完沒關係，嘻嘻。」

原來如此，又有定食和炸物招待券，佳韻說想要來小酒館喝小酒，原來喝的是別人的寄酒，難怪非得是這家不可。

「你有點壯，身高大約一八〇，對吧？」

佳韻忍不住插話：「你們可以不要一直答非所問好嗎？如果我採訪你們，會被活活氣死。」

「等等……為什麼妳知道我一八〇，還知道我很壯？佳韻告訴妳的吧？」

他下意識壓低棒球帽帽簷，抱著胸，狐疑的望著她。

「沒有噢。從你發聲的位置測量，我的身高是一六五，你的聲音大約比我的身高多出伸長手臂的高度，一八〇差不多。你可以再多說一點嗎？」

吳偉進將筷子湊近唇邊，猛地吸一口，假菸一樣慢慢吐出，像是讚美。

接下來，他又猛喝起柚子酒，真的不知該說什麼才好。

「上次也聽過小萱描述我的樣子，她摸我的頭髮就知道我的個性呢，簡直和算命師一樣。剛剛她準確說出你的身高，還是讓我覺得不可思議啊。」

佳韻跟他眨著眼睛，他的眉毛輕輕跳動了一下，他們迅速交換了小萱不會發現的表情。

他心想，靠著觸摸或是聲音，就能判斷一個人的個性和身高，這是可以用經驗值和數據歸納出來的，看不見的人果然必須用自己的方式去發現這個世界，大概像是在顯微鏡下發現新物種那樣吧。

整個晚上，兩個女孩不停的說話，他沒有太多介入的機會，正好可以好好地觀察看不見的女孩。

小萱長得頗清秀，瓜子臉大眼睛還有右臉頰的酒渦，皮膚白淨，乖順及肩的直髮，就算她看不見，好像失去眼睛也不覺得可惜。

他忍不住盯著小萱眼睛，望到深處那樣不眨眼的看著，像ＣＳＩ搜索蛛絲馬跡那樣每一吋注視著，他想，或許她還看得見一點點吧？

小萱聽說他很會做菜，忍不住說能吃到該多好，佳韻並未多想，上次採訪結束便邀她來參加假裝去日本玩、一起吃秋天料理的遊戲，最後他們還是來小酒館吃定食了。

三人共處在小酒館狹小空間，牆面的電視不知在播什麼韓國綜藝節目兀自喋喋不休，補滿了所有空白。主持人說話又快又急，聲音扁扁的，每句話尾音迅速想逃走一樣。

「每個字都聽不清楚，怎麼想像他的嘴、眼睛、臉、手勢、身材、個性……算了——不重要噢。」原來小萱正在聆聽電視節目主持人的聲音。

佳韻有點受不了凝滯的空氣，拿來櫃檯的遙控器按下選臺鍵，重新選頻道，還是綜藝節目，有位男歌手先是溫和吟唱接著音調慢慢爬升，嘶吼著飆高音。

「我猜這歌手是方型臉，有落腮鬍，他的聲音好像從胸口鑽出來，又含在喉嚨轉了很久，下巴那邊也用力共鳴的感覺噢。」

他和佳韻同時交換了一句話的訊息，不會吧這樣也猜得出來……小萱不可能察覺他們驚訝的神情。螢幕上賣力演唱的歌手，聲音的途徑的確如她所說，喔，不，像她看見的那樣，曲調和吐字經過鬍子輕輕摩擦，溫柔的聲音像微風吹過這個空間。

別騙人了，她肯定有殘餘的視力，還看得見什麼吧。吳偉進忽然不服輸想要較量些什麼……看得見的人，優勢不就可以逮住任何細節，就像進入一座森林，在不同顏色的綠，分辨出一棵樹的形狀應該不難。

佳韻大讚起小萱簡直是福爾摩斯轉世，可以去ＦＢＩ辦案了。他決定繼續直勾勾盯著小萱，兩個女孩卻忽然停止交談，小萱轉過頭來，也盯著他，看起來就像兩人在比賽誰先笑出來那樣，表情嚴肅。

他們專注地看著彼此，儘管其中有一個人的眼睛完全沒有作用，但這無損於他們目前像是初次看見了對方那樣驚奇。

「無尾熊——色胚啊，你很沒禮貌欸。」

佳韻突然將毛巾朝他扔過來，他徒手接住並說了句，接殺——三人同時爆笑出聲。他想，小酒館的其他客人絕不會發現這桌有個女孩是盲人，他們看起來就像尋常活潑的年輕人打鬧著。

●

離開小酒館後，佳韻提議要不要到他們住處坐坐。

他扯扯佳韻的衣袖，從鼻子哼氣說，那麼小的房間有什麼好坐。小萱卻顯得很興奮，還說住在頂樓真的很酷，很接近天空呢。

「妳沒去過101喔，那裡最接近天空啦。」

他說了個不冷的冷笑話，佳韻朝他翻了個白眼，當然小萱也不可能知道他們交換的訊息。

「最接近天空是搭飛機，可是我們不能一直住在飛機上啊。」

佳韻這麼一說，小萱居然抱著肚子笑出聲，她說自己一直嚮往住在很高的地方，因為眼睛看不見，租房子在低樓層比較方便，不知道高樓層的空氣是不是比較新鮮噢。

整個晚上聽見小萱特有的「噢」的尾音，雖然聽佳韻提過這女孩特殊的音調，親耳聽見還是有點驚訝。

這種「噢」的音階只能是小萱專利，從別的女生嘴裡吐出來就是做作，佳韻說得沒錯。

小酒館離他們住的地方其實不遠，走路約十分鐘就到了，但牽著小萱一階一階爬上頂樓，竟然花了雙倍時間。

他初次見識如何帶著盲人走路和爬樓梯，佳韻似乎很熟練，可能是多次採訪過她，已經頗有心得。他只是跟在她們身後，不敢超越也不敢落後那樣，一起走上頂樓。

在昏暗的樓梯間，眼睛作用不大，慢速的，一階一階，三人彷彿是靠著本能在爬樓梯。

「哇塞——臺北欸，你們家居然有小院子。」

好不容易三人小隊蹭蹭碰碰登上頂樓，房間外頭的小空地立即引來小萱一陣歡呼。

佳韻眉毛一挑，朝他使了眼色說，「什麼小院子啊，妳有沒有聞到樹葉的味道，吳偉進快要把這裡變空中花園了。」

「拜託——什麼樹葉，是馬拉巴栗和金錢樹，還有大葉綠蘿。前些時候我在市場搬回來種的，本來半死不活的，還好救活了。」他忍不住補充。

「吳大哥真有趣，整個晚上，好不容易現在說了一會兒他種的樹了。」

小萱手摀著嘴，想笑又不好意思笑出來，佳韻倒是使勁拍著他肩膀大喊，就是就是，這個人只有提到他的樹葉才有話說，還沒說種了蒜頭洋蔥馬鈴薯呢。

早知道兩個女生湊在一起，他肯定只有被整的分，也就識趣地不搭話。

他已對此處的蚊子免疫，還是提醒她們此地不宜餵蚊子聊天，不是說要坐坐，還待在外頭不進房間去嗎？

佳韻這才讓小萱搭著肩膀走進房間。他實在想不透還有什麼好聊，原本狹窄的空間多了一個人，連呼吸都覺得擁擠。

冰箱裡只剩下冰豆漿和啤酒，他倒了一杯豆漿給小萱，隨即在洗手槽清洗昨天從市場帶回的莧菜，兩把十塊錢，有些爛葉摘掉還是挺不錯，拿來做莧菜羹麵線加點蝦皮就很美味。

兩個女孩坐在床上已經聊開，聊的是彼此的名字，不加入這話題也沒關係，他想。

「一直覺得佳韻姊的名字很浪漫，是音樂的聲音呢。」

「妳的名字才美好不好——像瓊瑤小說裡的人物，會在雨中漫步楚楚可憐那種。名字大概是父母的期待，我是辜負了，毫無音樂細胞就是本人在下我。」

「我同事也說過我的名字很有情調，是下雨的聲音噢。爸爸說，我出生那天下了整天大雨，媽媽生產不順利，大雨下得他心慌慌，後來媽媽跟他說，她在待產室心更慌，身邊儀器滴滴滴滴，很沒安全感。她想像下雨的聲音，慢慢才調整呼吸穩定心情，爸爸說平安度過這一天都是因為有雨，如果我的名字有雨，一生也會平安的。」

「天哪，小萱，每次妳講到爸爸，真的是好溫柔的男人，為什麼我爸就不是這樣呢？」

又在聊男人，女生的想法他實在摸不清，他拿起桌上的易開罐啤酒，決定去外面透透氣。

住在頂樓的好處是打開門之後，就是一片空曠。

臉上有水，下雨了。該不會是她們將雨喚來的吧。

空氣飄浮著燃燒甘蔗葉的味道，甜甜的，混合了泥土或是灰塵，或者更多說不清的物質……總之，吸進鼻腔的感覺，好像整個人都潮濕了。

他不喜歡下雨，鼻子總是很過敏，不過下雨的時候要比沒下雨時，多花一秒感受呼吸。如果人像冷氣機，下雨不需要工作，濾網也暫停篩去灰塵，擺在家裡不就是個無用的裝飾……吳偉進發現自己居然閉上眼，開始假裝看不見，在腦海素描起下雨的畫面。

鏗哩匡啷——尖銳的聲音打破他的想像，轉頭一看，佳韻氣極敗壞從房間衝出來，撞倒門口擺放的水桶和拖把，腳步踉蹌。

「無尾熊，發什麼呆啦？下雨了，趕緊收衣服——」

她氣沖沖衝到水塔後面，唰唰唰，摟抱了早上才洗的床單和兩件牛仔褲，衝進房間丟在床上，隨即又趕緊關上窗。

他跟在佳韻後頭進門，慢吞吞的，心想反正該做的事她都做了。不消幾秒，又走出門外，眺望著遠處的雨。他不是存心想淋雨，而是房裡已無處可坐。

雨落下來，唯一不驚慌的人是小萱，她安穩的坐在床沿，安穩的不讓人擔心。

沒有作用的眼睛，這時的作用是讓她不致被這世界發生的事情所影響吧。

「小萱，妳知道下雨了嗎？」他忍不住問。

「嗯，雨慢慢變大了噢。車子駛過柏油路，輪胎摩擦著積水的地面，嚓嚓嚓，有特別長的煞車聲。」

「聽得到煞車聲嗎？在五樓欸，我也來聽聽看……」吳偉進闔上眼，認真傾聽。

雨，車聲，比較大的雨聲，比較大的車聲，像是隔著一層膜，他實在分辨不出耳朵裡的訊息。

不過，聽久了，耳道傳來模模糊糊的輪廓。

他竟然有點相信她所描述的那個世界，好像透過她的眼睛，第一次看清了什麼。

9　看不見就不在乎別人怎麼看

那天，是在雨天結束的。

但是，佳韻很明白有些事情不可能結束。

那天，小萱提起自己的名字，佳韻記得她說話的神情，像是她父親一直待在身旁不曾離開。

或者，這個名字就是雨萱的父親即使離開人世，他也相信女兒在這漆黑的世界，聽見雨聲，便彷彿父親眷顧著。

佳韻，聽說這兩個字是母親堅持命名的，母親沒有留下隻字片語從小鎮消失，或許連帶她的一部分，也跟著帶走了吧。

不知道母親離開以後，還聽音樂嗎？

她記得母親愛聽音樂，下午在快炒店洗洗切切備料也會開著音響收聽古典音樂電臺，挑去一隻隻大蝦腸泥或切一海碗雞柳，剁碎蒜頭細切薑絲，都會聽見她哼著歌。母親緊皺的眉頭那個瞬間是放鬆的，瞧見佳韻盯著她看，還會慢慢地眨眼微笑。

她不知道母親是怎麼藉由音樂度過那些時間。那些想要逃走又被某種力量拉住的時間。

長大以後面對不喜歡的工作，每天得做，不得不做，後來佳韻才知道就是要尋找某個儀式撐下去。

「我有說過我媽媽很愛唱歌嗎？我剛念小一時，她曾經想讓我學鋼琴還有加入教會的兒童合唱團。可是，她根本沒空送我去音樂班，也沒空帶我去教會練習。每天忙著快炒店的備料算帳打掃，回家做家事又做到半夜，她本來很愛唱歌的，後來，她連哼一首歌的時間都沒有了。」

她省略了一些事沒告訴小萱。應該是說，後來母親連唱歌都沒辦法，連那種讓心裡輕鬆的片刻都沒有了。

不知為什麼，她總覺得看不見的她，只要沉浸在雨天的美好，不需要知道雨天之外的世界。

那天聚餐後，他們有一陣子話題都圍繞著小萱打轉。無尾熊說有機會的話要多幫助小萱，雖然不知道可以幫忙什麼，感覺小萱的朋友一定不多。

「不不不，你錯了，你是不是覺得她眼睛看不見就等於沒朋友，小萱的朋友肯定比你我還多，愛盲協會的盲友、辦公室客服部的同事，隨便抓抓都一大把。沒朋友的人是你和我，悽慘——」

無尾熊聽她哇啦哇啦說完這串，沉默了一會兒才說，「嗯，她的確會讓人很想照顧她，有很多朋友真是太好了。」

無尾熊會有這種刻板的想法也不奇怪，她當時採訪小萱也是這麼想，一般人理所當然會認為，弱勢的人常會以缺憾作為籌碼，讓許多人不由自主伸出援手。

記得第一次採訪，小萱這麼說，「妳知道嗎？有時候，我想信任朋友，又不能太過信任別人，每次都這樣自己和自己的想法打架……妳知道嗎？」

小萱說話的神態，亮亮的眼睛，直勾勾地盯著她。她卻本能地低下頭，像是一點也不值得信賴的朋友，甚至，那時佳韻根本還不是她的朋友。

後來，仔細問小萱緣由，她笑著說，「連家人都有可能會騙我噢，雖然那是帶著善意的欺騙啦，有時候，真不知道還有誰可以相信啊。」

小萱說，父親經常擔憂她這漫長人生該是如何坎坷，總是告誡她不能太依賴別人，但麻煩的是，她注定是個必須依賴他人好心才能存活的盲人。

小萱說著要練習相信一雙雙陌生的手，又該如何推開可能帶領她掉進危險境地的手，她笑臉盈盈細述這些，看起來沒有憂傷的樣子。

佳韻有點懂她的意思。看不見至少可以明明白白地倚賴陌生人，熟悉的朋友，哪怕是會欺騙你的家人，也得說服自己去信賴那不該懷疑的好心腸。

有時，她也會覺得相較於弱勢，小萱這樣明確需要他人協助也沒什麼不好。

有些外表看起來沒有一點缺陷的人，內心可能有如歷經九級地震分崩瓦解，也不能隨便擺出軟弱的樣子，只好學會自己堅強，沒有人願意隨時伸出援手的。

佳韻知道自己不該這麼想，可是想到連偷偷在腦海抱怨的自由都沒有，這實在是不公平到底了。

結束續攤的那天晚上，還有點毛毛雨，小萱堅持要自己坐車，「妳放心回去啦，我沒問題噢。」她側著頭說話的樣子，不論看幾遍都可愛無害。

側著頭說話，是小萱慣有的動作，彷彿天線接收的方位，那是她敏銳的感應區。

「我可以搭公車回家，2235有到我家附近。很開心認識吳大哥，謝謝你們都把我當成好朋友。我真的可以自己回家，一點也不麻煩，真的噢。」

當成好朋友一樣。這句話讓佳韻心底一震，其實她沒什麼朋友，何況好朋友。

雖然小萱看不見佳韻擔憂的樣子，但她放著死線將近的六頁採訪稿不管，還是堅持送她搭上車為止。

這心態是不是明眼人的優越感，佳韻不清楚，算是對待朋友的基本禮儀，還加上個人偏執吧。但心中不免左移一點右挪一些，計較著所謂好朋友，她絕對不可能特地下樓，走兩百公尺十八相送去公車站等車，看著人家上車才甘願回家。她想這也算是將小萱當成好朋友的開始吧。

對待伸出一隻手可以數完的好朋友，誰會計較枝微末節，分開時，手一揮，率直回應不送啦。

為何她不能心安理得對待小萱，一如其他朋友，這就是分別心。

人家的心思多麼單純，她閉上眼睛就能看見，小萱眼睛眨也不眨，說話的表情。

送完小萱，又要爬五層樓梯，她厭惡這些階梯，越是靠近頂樓，她覺得自己越軟弱，連區區五層階梯都能打敗自己的弱。

回到頂樓，無尾熊已經將小房間的餐桌收拾乾淨，玻璃杯和小茶壺也收到洗碗槽準備清洗，他抬起頭看她一眼，沒說話。

既然他在洗東西，她也就不客氣一屁股坐到電腦前，打開採訪稿，繼續寫。

他們稍微談過家事分工，他煮食打掃房間，她洗碗清潔廚房，誰有出門就順手將需要採購的食物和生活必需品帶回來。這一年來，這樣的生活節奏倒也順暢。

兩人無意識日日柴米油鹽，沒有愛得死去活來，更沒有難分難捨激烈的刻骨銘心。她短短不到三十歲人生，從未想過和某個人結婚，母親忽然離家出走，她已無法輕易相信婚姻。

一個人生活看得見的艱難就擺在那，遑論兩人長久生活，她不可能有那個耐心磨合。

「我有點羨慕小萱，看不見，就不必在乎別人怎麼看……」寫著明天要交的採訪稿，她忽然有感而發。

這個房間如果沒人說話，經常一片死寂，無尾熊又埋頭修腳踏車了。

「沒有眼神交流，她會知道，別人是怎麼看她嗎？」她繼續說下去。

他暫停手中的螺絲起子和潤滑油，雙手往短褲上一抹，轉頭過來意味深長看她一眼。

「她不在乎吧。畢竟，她已經失去最重要的東西了，別人怎麼看她，她也不會知道。」

聽到無尾熊這麼說，恍惚，她也感到看得見的人才可悲。每次看到不公不義不正常的事，還要假裝看不見，她才像是鑽進漆黑山洞，張著毫無用處的雙眼。

有時候小萱抓著她手肘，倚賴她，她才深深感到自己有了存在的必要。

「是啊，一輩子看不見，本來是很可憐的，這麼一說，倒覺得，可憐的是我們。」

稿子遲遲沒有進度，眼睛很酸澀，佳韻抬起頭看著對面的建築，感覺今天真的特別黑暗，原來是旁邊那盞路燈不知怎麼又滅了。

●

四月天，夏天來得早，熱得不像話，背脊的汗貼著T恤，整個人覺得很不舒服，攝影師遲遲還沒出現。

需要攝影師出馬大多是重要人物專訪，是雜誌社的專題稿，對佳韻而言就是麻煩。稿子寫好要給受訪者再三確認，還有攝影師棚拍或出機外拍，記者是什麼，是萬用轉接頭還是變壓器嗎？什麼瓦數的電壓都可以染指。

幹——

再怎麼不喜歡，幹話說完，還是得做，就是興趣和工作的分別。

手機此時忽然響起，佳韻連忙接了電話，等不到攝影師的來電，富二代卻打來了。他提到想要提供一打以上的歌功頌德者，還指定絕對要側訪。佳韻臉上堆笑打哈哈說，您放心，回去會和總編研究看看再一一電訪喲。

做他媽的春秋大夢——還側訪咧，她暗暗罵聲幹。他們什麼三流雜誌，訪過受訪者後，根本不會再側訪受訪者的朋友。

一是總編說沒必要，一千字的稿子不必浪費時間，二是有的受訪者通常是小人物很邊緣，他們會卑微地垂下眼擺擺手千萬交代，拜託用XYZ來取代真名。那些故事多少藏著他們不見光的黑歷史，不想讓別人知曉，遑論將朋友供出。

不過，關於小萱的側訪，她非常在意。這篇人物稿可以讓她遺忘所有為敗類寫的文字。這才是她重要的報導。前幾天電話裡問過兩次，第三次又問，小萱才怯生生回說，男朋友可以嗎？

可以可以，男朋友最好，她喜歡小萱連男朋友說的話都可以信任她來寫。

佳韻雙手握著手機繼續快速點滑上頭的句子，攝影師又傳訊來說找不到停車位，正在附近繞圈子再等等。

卑微如螻蟻的她能等，重要人物不能等，過了約定時間將近十分鐘，他再不出現在地球表面，她肯定想要捏爆他的頭。

眼角餘光瞥見一點鐘方向有個男孩正緩慢走過斑馬線，一起過馬路的行人倒是自動摩西分紅海與他保持距離，不碰到他，讓他以一定的節奏前進。

他拿著導盲杖，熟練地經過騎樓直接切到靠近捷運站的人行道，啊，那裡有個小斜坡，他應該想直接走進捷運入口，接著他順利走過小斜坡，斜斜切了二十度左右，毫不考慮直走，卻撞到捷運出口的小攤販……

佳韻居然沒有任何動搖，眼睜睜地看見他撞上去。

一開始不是這樣的。她的腳已經移動了兩步，想去幫他，又想觀察他怎麼走路，心裡有兩股力量在拉扯，好痛苦。瞬間，她明白了有人溺水，自己也被水草纏住的感覺，即使不會馬上死去，終究還是會自私的衡量得失。

此時，剛好有個中年女子從手扶梯浮上來，那女子立即發現這狀況，顯然很吃驚，本能地快步向前告訴那位盲人，這裡有攤販，順便牽引他繞路走向捷運入口。

她頓時鬆了一口氣。不會有人得知她的忐忑，一切在沉默的時間中發生，結束。但是，她明白心底有些東西已經悄悄產生變化。

那變化可能是，她找到自己還存在善意，很陌生，總還是善意，她下次或許可以不假思索地給出去。

採訪過小萱，慢慢和她變成朋友，佳韻瞎掉的心好像又開始跳了。

也不是說以前那顆心沒有作用，而是她覺得足夠應付他人最小的力氣那樣微弱的鼓動，沒有太多激動和痛苦，一收一縮，活著夠用就好。

注視著那位盲人離去，忽然手機螢幕亮了，是主編打來的，肯定沒好事。她這種第六感總是異常神準。

「林佳韻，不用訪了，委員臨時要開會。他為民服務，妳體諒一下嘛。這樣，妳現在去法院，有個家暴案受虐婦女，去挖點獨家回來填版。」

主編沒有留下任何縫隙讓她說話，說完一排官腔，就是一句，不用訪了。

「好重要的委員，老娘浪費兩個晚上讀資料寫訪綱，站在這等攝影師停車半個小時，他簡單一句去開會為民服務，真是偉大——」她在馬路上咄咄念叨著，不怕路人側目那樣厲聲握著手機回覆。

說得輕巧，隨隨便便都能挖到獨家，人家的不幸給你填版，說得真溜，也不怕舌頭爛掉。

要她去訪家暴案，把人家隱藏在深處千瘡百孔的心揪出來，再撕個粉碎，好歹也要給點時間做點功課，做人這樣缺德好嗎？

她其實已經省略一籮筐的抱怨沒說，他缺德是他的業，她可不想和他一樣。

「好啦。你說的都對——開天窗就回家吃自己。好啦好啦，我會去找法院家暴事件服務處啦。」

分明不情願，又滿口好啦好啦，幸好主編在電話那端看不見她怨恨的表情。

再次身入法院，經過門口的金屬探測門時還是覺得身上什麼東西將要嗶嗶作響。門口法警詢問來意後，說明有事要諮詢家暴事件服務，便引導直接搭電梯去二樓。

電梯門一開，之前認識的社工人員已迎上前來，對方說只能提供電子報上諮商人員分享的案例，要她自己看看網站資料，其他事項基於保密原則無法透露。

「沒關係，我知道你們的為難，只是想和社工師聊聊諮商輔導的甘苦談。」

社工師臉上始終掛著耐心的微笑，佳韻忽然萌生錯覺，彷彿自己的無理要求也像她經手的家暴受害者，頑固執著，屢勸不聽，非如此不可。

「像是這一期電子報上案例，受虐婦女不相信『這世界還有公平正義』只是藉口吧？她寧可繼續受罪，也不願相信她會有自由的一天？」

佳韻指著剛剛胡亂搜尋的資料，詢問時還複製著社工師的表情，看起來應該很友好，散發足以讓人信賴的善意。儘管兩人擁有的高度不同，看起來職業性防衛的對方也接受這樣的笑容。

「好吧，我可以跟妳說說，那篇文章是我寫的。那位長期遭受家暴的傳統女子，實在令人不可思議，法官終於判決兩人離婚，丈夫須即刻搬離住所，這名女子竟然寬容大度收留前夫找到房子，並繼續煮三餐給他吃。問她說，為何要這麼做，她居然說只是煮飯給他吃，『這也還好』。聽到這話實在讓社工很沮喪，不論是法律諮詢和心理支持，長時間的幫助她，她居然又走回老路。」

社工師突然善心大發，侃侃而談，佳韻聽來卻有幾分抱怨職場困境。

「太誇張了——如果丈夫又打她該怎麼辦？她根本不想逃吧？」她下意識這麼回應。

她可以逃的，只是她說逃到什麼地方都沒用，她說她習慣了。至少她前夫是這麼需要她。社工師雙手一攤無奈地說。

她可以逃的。這句話是建立在外人的想像。他們不是她。佳韻胸口有種抽緊的感覺。

當事人決定繼續過這樣的日子，就是錯的？就是辜負了社會救援資本的浪費？

主編總是說佳韻笨、死腦筋，把記者這行想得太高尚，但這個案例可不可以寫，她真的很茫然。沒有採訪到當事人，要聽信片面之詞猜測當事人的心情故事，這種稿子她怎麼也編不出來。

廣義的家暴，不見血不流淚的還有很多，在她成長的宜蘭鄉下，這家那家的女人的遭遇，總是到處流傳。

據她所知，一個家裡，不被尊重的差遣，長期言語凌遲，有如擺放的家具，角落灰塵般漠視……存在太多太多理所當然的父權壓迫。社工師所說的這個案例，他們耗費人力心力援助的對象，最後背叛了所謂正義的一方，如果佳韻是社工師，也會萬分沮喪。

不知為何，她想起了失蹤的母親，自她十歲那年不知去向的母親，直到現在，毫無音訊。

如果母親沒有選擇離開，或許也會成為家庭暴力的對象，那也是不見血光、沒有咒罵毆打的暴力，別人看不見的一切，正在傷害一個家庭中被賦予照料病人責任的女性。

佳韻一直到長大成人，讀完大學當了記者，才能稍微理解母親當時遭遇了什麼。她一塊塊拼湊那些聽來的事，才能脫離指責母親不負責任沒血沒淚拋夫棄女的行列。

母親當時被憂鬱症和長照重擔所苦，她鎮日哭泣，不知所措地忙著家事和海產餐廳的瑣事，並且還要照顧幼女和眼睛看不見的公公。

母親最後的失蹤，是終於無法承受丈夫將照顧盲眼父親的擔子全都交付她一人吧。

起先懦弱的丈夫主動承擔照料公公的責任，大伯大姑只是偶爾打電話或丟點錢敷衍了事。母親不是不願照顧公公，丈夫也未因此毆打她，除了幫老人洗澡餵飯打掃起居，還有做不完的家事和餐廳開店備料採買等瑣事，她只能沉默地掏空自己，沉默地做著她必須去做的所有工作。

在宜蘭鄉下那個小地方，女人的德行決定在左鄰右舍親朋好友的嘴巴，若有一丁點不情願不認真不小心，立即會傳來冷言風語編派著她真是不孝。

在那個家，沉默的暴力讓母親快要發瘋。她漸漸變得少話少食，也不太有笑容。十歲的佳韻已經可以記得許多事，最近總會想起母親那幾年不快樂的樣子。

所以最後母親不得不走，走到遙遠的地方，她也不知道是什麼地方，總之，她不要再回到那個家。

離開家和離開唯一的女兒，哪個比較痛？

母親心裡必然經過千百萬次的演練，最終不得不做這樣的決定。

或許，會有個人問她想念女兒嗎？

母親會不假思索回說想啊，並拿出手機的照片，一張張點給對方看。她說她也曾想帶著女兒走得遠遠的，但是帶著女兒她就無法工作，兩個人都會餓死。女兒留在丈夫身邊，丈夫不會讓她去照顧盲眼的公公，女兒也不會餓死。她想了想，還是自己離開比較好。

佳韻思索著，看不見的暴力比看得見的暴力更可怕，傷口始終不會有癒合的一天。

就像母親早就放棄了家，放棄了爸爸，放棄了女兒，也放棄讓自己好起來的機會。

連一丁點希望都不存在的暴力，佳韻想那是核爆等級的毀滅吧。

母親選擇到另一個地方，變成另一個人，過另一種人生。

失蹤的母親，是不是像她這樣想呢？

●

離開法院後，佳韻怎麼都無法直接回到有無尾熊的頂樓，腦子盤旋著「這也還好」的迴音。

她也是「這也還好」的信徒。

被人占點便宜又不會立即死人，這也還好。小傷小痛小鼻子小眼，計較這麼多幹嘛，這也還好。不是發生在自己身上的事，被騙點錢這也還好。她藏匿了詐欺犯無尾熊一整年，這也還好。

她厭惡那個一開始就放棄抵抗的自己，得過且過，只想換取安逸。這個行業分分秒秒都得挺著正直的背脊，像去遊樂園坐旋轉咖啡杯，一圈圈迴轉，放任身心跟隨，也會恐懼被甩出軌道之外。

遺忘了記者該有的職業道德，報導藏汙納垢的社會黑暗面，揭露真相，為弱者發聲，為強者的良知把關……佳韻記得大學報告洋洋灑灑寫過，現在一件也做不到。為了餬口，倒是什麼工商服務狗屁業配都寫……不知不覺跟傾斜的價值觀同流合汙，所有不公不義都看不見。

她氣若游絲拿起手機，從通訊錄點了小萱的名字，問她現在可以收留她嗎？

手機那方隱約傳來公車廣播，夾雜小萱嘻嘻笑著說，怎麼啦又和吳大哥吵架啦，可以噢。

佳韻冷靜了幾秒，虛弱地吐出最後一句，「我現在真的他媽的再也不能靠近無尾熊了。」

這話讓小萱沉默了。隨即又傳來開朗的聲音，宏亮的說，好。小萱表示待會兒就在一樓等著，公車快到站了。

她隨手招來計程車，除了跑採訪可以報帳坐過幾次小黃，這一年來她初次為了自己浪費金錢。

穩穩地，將自己像垃圾一樣丟進車裡，落坐的感覺讓她想起追著清潔車空拋垃圾的瞬間。

如果人被榨乾後還有剩餘，她連垃圾都稱不上吧。有個地方可以承接她這個垃圾好重要，有個朋友願意收留她更重要。她已經不能再當那個收留別人的濫好人了。

不知不覺，車子已經到了小萱家門口，佳韻望著笑盈盈點著手杖迎向前來的小萱，劈頭就問她談過戀愛嗎？

她羞澀的說，有啊。是辦公室同樣是客服的阿丹，他的聲音像是低沉的大提琴，發所有捲舌音會放慢講話速度，遇到奧客時，他總是以輕聲的「嗯哼——」來停頓，每句話的話尾。

佳韻大概是腦子又浸水了。沒錯，她還打電話側訪過他。她誤以為只是小萱單方面暗戀的對象，電話裡的阿丹淡淡地說同事相處都很融洽，不覺得盲人有什麼麻煩，口氣不太誠懇。

雖然佳韻只和他講過一次電話，直覺他也有種盲人特有的防衛性。在幾次採訪回憶搜尋小萱描述他的神情，只覺不可思議，會說「嗯哼——」的阿丹真的是小萱的男友啊。

「不好意思啊，我最討厭動不動就嗯哼嗯哼的男人，感覺在叫床。」她端起桌上的水杯輕抿一口。一進小萱家，她立即熟門熟路為自己倒了杯水。

她們現在的交情，佳韻有話也會直說，聽到叫床二字的小萱，臉上卻忽然泛起紅暈。她感覺兩人交往並不單純，忍不住問這個男朋友交往多久？

「嗯，半年，算很久吧。我不清楚交往多久才算久。他不是我的初戀，以前在盲人學校我也有個男友，但是有很多不順利的狀況，細節我不想說，總之，我的初戀一點也禁不起考驗，呵呵。」小萱說完顧自笑出聲來。

「聽起來，妳和這個嗯哼有通過考驗？你們有考慮過結婚嗎？」

「事實上我們的考驗才開始噢，結婚的難度很高，畢竟，他父母不會想要一個眼睛看不見的媳婦。我們有討論過，也不一定要結婚。」

「如果，只是假設，如果妳懷孕了，有可能奉子成婚嗎？」

「會噢。我是基督徒，不能違背我的信仰。佳韻姊，妳這個假設太可怕，我會小心避免這件事。這讓我想到我媽，明知道眼睛的疾病會遺傳，還是堅持將我生下來，我好像沒有她這麼偉大，即使一輩子都看不到小孩的長相，看不到她慢慢長大的模樣，還是可以愛她照顧她……我想我還做不到。」

「母親實在是比女孩更偉大的進階版，我也做不到為孩子犧牲奉獻。」

「可以這樣聊聊彼此的痛苦，真的很好，至少以後真的發生什麼讓人不知所措的事，我還可以有個燈塔。」小萱忽然坐直，上身往佳韻這邊靠近。

「燈塔？哈，這個比喻讓人有點壓力。」

「真的，妳就像我的燈塔，即使我看不見，每次讀妳寫的文章，就覺得那些文字像是附在我耳邊輕輕說話給我聽，貼著心那樣說話噢。」

佳韻又想到不知去向的母親，如果也有個知心好友能傾聽那些無助的時刻，或是當時能向有關單位求助，是不是可能改變什麼……

可能將小孩一起帶走嗎？不帶小孩一起離開也沒關係，是不是她出門散散心，身心強壯一點有可能還會回家？或者，她可能回到宜蘭海邊的家附近，偷偷看著小孩又長大了一點點呢？

佳韻設想過這樣那樣的可能，卻沒有一個可能發生。

畢竟比起長期被丈夫毆打日日帶傷仍得苦撐一個家的女人，那些常在電視新聞戴著口罩壓低帽簷泣不成聲的女人，都不是母親所遭遇的困境。

她不是母親，不知道當時的生活有多麼痛苦多麼難以忍受，說不定那就是臨界點了，再不逃，母親連自己都要淹沒了。

母親離開後，佳韻小時候經常在海邊走來走去，望著茫茫大海，有時她也不知道自己想看見什麼。

漸漸的，長到了母親離家出走的年紀，她的想法有點改變。

那片海，海風，海潮聲，走進去，淹沒自己是多麼輕易的事。

她慶幸母親沒有選擇這種離開的方式。

同樣離開這個家，淹沒自己會讓她覺得絕望，離家出走到某個不知名的地方，至少還能想像別的可能。

曾經聽過父親說他們的戀愛史。母親讀到高商畢業，在南部某食品工廠當會計，他有次打電話去工廠查帳單，母親吃吃地在電話那頭笑著說，等你好久了，總算打來了。

父親說，他心跳得好快，像被人告白一樣。

母親第三句卻正經八百地念了一堆數字，原來是父親重複匯款給工廠，害得母親月底帳目金額有誤，抓帳抓一整天。

「那個時候，我就想這個女人很能幹啊，開始每天打電話找她聊天，後來一放假就衝去高雄找她，終於被我追回家來管我的帳，從此就不會錯了。」

父親邊抽菸邊回憶美好的往事，悠然神往的表情直到現在都非常清晰。然後他又眼光黯然地說，妳媽廚藝不錯，算帳也靈光，離開這裡隨便做什麼都好。

那不知去向的母親，是不是也曾這麼想。究竟要那個留在這個家繼續錯下去的人生，還是離開這裡隨便做什麼都好。

●

最後那個家暴案例，佳韻終究無法寫出來填版。

她不能踩著別人的傷口去虛構眼淚。

當她在Line群組上傳這句話，主編立刻給她回一個屁字，之後她補充可以寫什麼或用別的內容補版，挖一點富二代的緋聞也行。主編就已讀不回了。

不過，那個家暴案例卻意外填補了她心中空洞的版面，好像盤桓已久的烏雲終於逸散。

她發現自己也是個「覺得這也還好」的濫好人。

佳韻決定從頂樓搬走。她一個人。

下午剛好吳偉進不在，不需要多作解釋，她其實暗暗鬆了一口氣。

不過，沒留下隻字片語，他會懂得剩下一個人的房間，他必須學會自己走出去嗎？

她的視線停留在床上那個棕色的泰迪熊，小熊的腳底板繡著她的英文名字Melody，那是母親去臺北買給她的生日禮物，那年她要上一年級。

衣物和電腦，幾本雜誌和書籍整理好一個垃圾袋全都扔了。小熊最後還是裝進背包，跟著她到處去。

她的東西向來保持一個登山背包能容納的重量，不到一小時收拾好家當，彷彿從來沒有住過那個房間一樣。

她跟她的母親一樣不告而別。

佳韻終於理解有些事情說不清楚的，關於這個拖泥帶水的人生，誰能說得清楚。

即使是情侶，她覺得自己光是隱匿無尾熊的罪行，早就背叛了記者追求真相的公平正義。她對這個行業沒有太多的使命感，但是心裡一直有個聲音告訴她，愛這個男人，她必須離開，即使是遺棄，被他不齒，都得這麼做。

離去前，她特別到五樓敲敲門，跟老宋表達歉意，房間就租到這個月，雖然還有半個月才到期，但他沒有收押金，實在是難得的大善人，她會永遠記得他的良善好心。

老宋正在看電視，他熱愛政論節目，他抬起頭看她一眼，像是從深沉的睡眠醒過來。

他緩緩地站起身，拖拉著鞋面已裂開的土黃色橡膠拖鞋走到門口，朝她身上的大背包用力拍了拍，又朝樓梯上方一瞅，笑著說，怎麼了？小倆口吵架啊？沒事沒事，馬上就和好了，去玩兩天，要回來啊。

老宋是貨真價實的濫好人，但是這世界最不缺的就是濫好人，佳韻很難跟老宋說清楚講明白她現在要去當一個好一點的壞人。

她只是朝他擺擺手，笑一笑。老宋抬起鬆垮眼皮，忽然綻出銳利的光那樣意味深長瞧著她，隨即又叮嚀著玩幾天就好，記得回來啊，又走回去電視機前搖著補習班發的塑膠圓扇子。

佳韻想起之前木瓜女孩被警察抓走後，她家人來頂樓整理留下的雜物，整個清空房間時，老宋在一旁看著完全不吱聲，只有她知道木瓜女孩欠著三個月房租呢。老宋總是說，這時代年輕人困難，他有退休金還有老人年金，餓不死。

希望老宋可以很快再將頂樓兩個房間租出去，還有像無尾熊那麼會做菜的年輕人來租就更好了，時不時能讓老宋拿個碗上去撇個雞湯。

一階一階，走五層樓梯抵達一樓時，才發覺背包壓得肩頸痠疼，她抬起頭看看這棟老公寓，看看頂樓，再看看對面的路燈，這些風景都將成為過去。

走到捷運站附近，想起了一件事，應該去一下那個地方，做為一個句號再展開接下來的計畫。

那家新開的日式炸豬排店，最後終於還是去了。背著登山背包的她，才走到開在靠近捷運站不遠的小公園旁邊豬排店，滿頭滿臉汗涔涔，看起來很像挑戰了什麼大霸群峰等級歸來饑腸轆轆的登山客吧。

正要推開門的同時，她看見有個和無尾熊長得很像的大男孩從斑馬線那頭跑過來，心下一驚。

如果他們在外頭巧遇那是一件值得開心的事，代表兩個人今天都有工作，沒人賴在頂樓發懶。這樣，她就可以跟他說說今天發生的事，本來要採訪假掰的委員，後來變成家暴案受虐婦女，老娘不爽假造新聞填版就不寫了。

佳韻什麼都沒說，靜靜目送著那個腦後甩著小尾巴的大男孩跑過去。肚子好餓啊，她自言自語著推開豬排店的門，就去吃飯了。

這些事，以後都不用再和誰說了。

10 無尾熊好像也看見了什麼

他啞著嗓子對她說，佳韻走了。

這是他第一次和盲人講電話。出乎意料比上次在小酒館聊天還要自然，比起帶她到頂樓作客還要自然，佳韻說得沒錯，不需要一直和小萱見面訪談，用電話更能卸除擋在眼睛前的牆。

「為什麼要不告而別……我們可以談一談啊……」吳偉進壓低著嗓子哽咽。

「吳大哥，你還好嗎？聲音怪怪的……我想，既然是不告而別，也許佳韻姊是不讓自己有機會後悔吧。就是這一秒不走，可能下一秒就走不了那種。」

有這麼急迫嗎？這一秒不走下一秒就走不了……這個有甜美聲音的盲眼女孩究竟經歷了什麼，竟比他更清楚佳韻的心思。

無論如何，吳偉進想見這個女孩，或許她知道什麼，在他不注意的時候，悄悄變化的什麼……電話裡小萱的聲音，暫時讓他感到安定。

取得她的同意後，他來到她家，按下門鈴。對講機裡的她什麼也沒問，只說，進來吧，進來再說。

吳偉進知道這是遲早會發生的事，只是不知道佳韻真的離開後，他會這麼痛苦。

好像所有的時間和空間都沒有意義，空氣陽光水也一樣存在著，他卻不知自己能去哪？

客廳坐定後，她倒了杯水給他，兩人沉默對坐。

狹小和空曠應該是反義詞，卻是同時存在這個客廳，靠著牆面擺著兩套辦公桌椅，看起來像是二手家具，有點陳舊。

他一看到小萱，眼淚不知為什麼忽然浮出來，他以為自己不出聲，不會被發現淚流的蠢樣。雖然對方看不見，他還是覺得丟臉。

以為日子會一直這樣過下去，他從未思考過，沒有佳韻的生活。

原來他和她還是存在著愛情，即使他覺得自己沒資格，卻還是愛。

沉默的時候，他和小萱之間便是一片空白。

「無尾熊大哥，我可以也這樣叫你嗎？商量一下，什麼聲音都可以噢，讓我聽見，你的表情可以嗎？」

小萱有些焦急的挪動身體，雙手擺在桌上，他看見了佳韻形容的耳朵朝向外面接收什麼的天線。

「她……她有和妳說什麼嗎？」

「為什麼要跟我說，佳韻不只我一個朋友吧。」

小萱這麼回答卻有些心虛，她知道自己說謊了。看不見，讓她特別想信任一個人，又不能太信任人。

她漸漸離不開佳韻，又不能讓對方成為手杖的替代。不能倚賴，也不能不倚賴。

她決定這件事一定要幫佳韻。或者，像佳韻所說，幫幫無尾熊。

佳韻決定要離開臺北，有打過電話給她，他們沒有吵架，也不是個性不合，而是不能再繼續這樣下去。

「有時候，真的沒有理由，非如此不可的選擇，也是一種選擇。小萱，妳能理解我做的決定嗎？我想，他可能會去找妳，也可能不會，但是，他知道我沒有太多知心的朋友。」

「好噢，如果無尾熊大哥來找我，我有心理準備了。」聽到佳韻說自己是知心朋友，小萱在電話這頭很快樂，但這樣欣喜又不能流露在話語中。

自從上次三人假裝去日本玩，一起吃秋天料理的聚會過後，這是他們第二次見面，談交情，她自然和佳韻親密些，她不知道無尾熊能理解嗎？朋友這兩個字對她很重要，她不能出賣她。

「佳韻她……沒什麼要好的朋友。」無尾熊虛弱地說。

小萱抿抿上唇，嘆了口氣，搖搖頭說，「我也沒什麼朋友。但是，我真的不知道她去哪了。她只有在電話裡說要去東部做一個重要的採訪。」

他想，佳韻從來都知道自己不適合和別人掏心掏肺，又害怕深入交往，情感有了羈絆日後有負擔。

「無尾熊，你懂不懂啊？有多麼快樂，也會有同等量的傷心回報給自己。我們還是不要有什麼結果比較好，室友，炮友，都好過密友戀人夫妻這類不切實際的關係。絕對，不要感情用事。捨不得放掉的情感，有一天，都會一點一點，折磨你。」有一次佳韻背對著他，慢慢說著。

他還記得那天晚上，佳韻叼著沒有點火的菸，蹲在頂樓挖著阻塞排水孔的頭髮枯葉，還有紅色尼龍繩。

難得主動清理垃圾，隔天她就將自己從頂樓一併清理出去，沒有留下任何東西，連一根她的長髮或平時隨手塗鴉的紙片都不存在，乾乾淨淨，像是她從未住過這裡一樣。

沒想到，這一天，這麼快就來了。

一連好幾天，在頂樓醒過來，房間裡只剩下他。

吳偉進也不知自己和小萱說這些有什麼用，從她的眼睛看不出快樂哀傷，有一層霧，將悲喜都遮蔽了。

他嘆了一口氣，身體往椅背放倒靠去，外套的銅扣甩到椅腳，發出清脆響聲，因此小萱也跟著微微顫動了一下。

「我真的想過，看不見，其實也不錯。」

來不及思考該不該說的話，這時倒是說得很溜，他想一定是太難過的緣故，所以忘記顧慮小萱的反應了。

「佳韻也這麼說過噢。你們很奇怪，說的話都一樣呢。不過她一說完，立刻跟我道歉，說是拿別人的傷口取悅自己，實在很殘忍。」

「她這麼說……嗯，不意外，她的確是有話不說會悶死自己的人。」

「為什麼，你覺得看不見很好呢？」

「如果我看不見，佳韻說要分手前，會多想一下吧。至少，她會擔心我要怎麼坐車、吃飯、洗衣服、看醫生……這些事吧。」

他說完，看到小萱動了嘴唇明明要說話，話未出口，殘存的氣息卻鼓起左臉頰。

「欸，……我的意思是，所有發生的事，我寧可看不見，這樣，什麼都不會改變啊。」

「是這樣嗎？佳韻姊和你想的不一樣噢。她說，如果她看不見，不管怎麼痛苦，反正眼睛早就瞎了，可以哭個痛快了。」

小萱皺著眉說，「你們真的好奇怪，看得見都要裝看不見，這一點也不好玩噢。」

看不見的人，失去看見的能力，卻沒有失去生氣的能力。他腦海瞬間閃過佳韻的話。

佳韻說得沒錯，小萱的眼睛一點也不像盲人。瞬間充血的眼，因為不像一般盲人那樣瞳孔泛白，甚至，漆黑的眼珠，此時盈滿霧水，他眼見淚從她那看不見的眼滾出來。

「對不起……，我真的太殘忍，不是故意的。不論看得見或看不見，我們一樣都得經歷這些吧。佳韻總是這麼說……但是，她不要有我參與，她……走了。」

吳偉進說到這，終於無法繼續保持冷靜，雙手抹著臉，發出嗚嗚低鳴的聲音。

「怎麼都不說話了？我摸不到你難過的樣子……這樣不行啦。」

小萱忽然面容哀戚地身體往前傾，桌上的杯子顫動了一下。他忽然覺得自己懂得小萱在黑暗的世界，同樣也經歷過這些情緒。痛苦，哀傷，快樂，喜悅，恐懼……這些本能反應，都是一樣的。

「嗯，難過就哭一哭吧。其實，你們也沒結婚，甚至不是什麼海枯石爛的戀人關係噢。啊，忘了告訴你，佳韻姊把你的事，都告訴我了。」

小萱的口吻像是看盡人事蒼涼的長者，一邊將拇指和食指在馬克杯提耳交替的鑽進鑽出，一邊輕描淡寫地說著他和佳韻的關係。

「妳聽錯了，我沒哭。就是……想吼一吼啦。」他竟只能擠出三句話。

為什麼這個看不見的女孩，像是可以透視一切，診斷他們脆弱的關係呢？

無尾熊只見過小萱一次，就是佳韻邀她來聚餐那次。他對她所有的認識都來自佳韻，怎麼看紅綠燈怎麼過馬路怎麼搭公車，怎麼辨識不同顏色的衣服。

他甚至知道小萱很愛吃麵包，每次佳韻做完採訪，也會陪她去麵包店。「她很奇怪，有時買，有時不買，我跟傻瓜一樣陪她站在櫥窗那邊看麵包，經過的人，一定覺得我們瘋了。」

到底在想些什麼？佳韻回家後總要花上許多時間推敲，然後一整晚擬好採訪綱要，認真想要為小萱寫好這個人物專訪。

此時，小萱抿了抿唇，露出酒渦說：「嗯，無尾熊大哥，最好如你所說的這樣吧。我呢，自從十四歲慢慢看不見後，在黑暗世界過了十年，想通很多事噢。」

「首先呢，失去視力，然後，第二個失去是執迷不悟的能力。」

失去視力已經很慘，誰能像她這麼灑脫，不怨天地還能開導別人。他往椅子深坐，嘆了口氣問，執迷不悟的能力又是什麼意思？

「不如，你跟我去一趟麵包店，我再告訴你。」

他不懂這個節骨眼去麵包店有什麼意義，卻看見小萱眼睛迅速眨了一下，長睫毛緩緩翹起，微笑的眼睛，有些俏皮。

他握著馬克杯的手瞬間微微震顫，感覺有支羽毛輕輕飄過來輕盈地拂過手背。有種前所未有奇異感受，小萱凝視著他，她和他之間沒有任何障礙物。杯子桌子椅子，牆，房子，空氣，什麼都沒有。

他靠近她，近到呼吸將要噴發到她的鼻尖那樣。

「你幹嘛？」小萱感受到氣息，肩膀頓時聳立，陡然往椅背靠去。

「沒……有幹嘛，我剛剛覺得妳好像看得見……」他下意識伸手抓抓頭髮，才發現佳韻的線圈髮箍還在他頭上。

他摘下髮箍，左右搓揉，說，「欸，終於發現她沒帶走的東西，髮箍在我頭上……」

「是嗎？但我覺得佳韻姊沒帶走的很多，不是這個噢。」小萱迅速地眨眨眼。

吳偉進此時覺得很痛苦，他居然聽懂了小萱的言外之意，他真的懷疑到底看不見的人是誰。

●

「進去麵包店之前，我想先確定一件事，妳知道自己要買什麼麵包吧。」

「不知道噢。這樣好了，你試著形容一下麵包店的氣味。」

「呃，這真是有點困難。好吧，我試試看……首先，氣味非常複雜，簡直是走進一座種滿各種花卉的巨大花園，怎麼說呢？像是不同季節的花一起盛開，會讓人苦惱啦。」

無尾熊不自覺又用植物來做比喻，小萱一聽立即笑出聲，心想果然和佳韻姊描述的一樣，他特別喜歡植物。

「不會苦惱啊，我知道你這樣問的意思。但是，我有特別喜歡的麵包。」她的聲音短促而清脆。

即使她還沒說明緣由，他認為自己可能問了很蠢的問題。

「我喜歡的麵包，很普通，正正方方的，是吐司噢。」

熟悉的「噢」尾音又出現，她一定不知道自己發這個音的嘴唇很可愛，他用力甩甩頭，他不知自己這時候為什麼會被她的嘴唇吸引。

「我完全不行，怎麼能對一種麵包死心塌地，絕對是什麼口味都想試一下。」

「我也會試吃，但最後還是選擇吐司噢。」

她說完，咬了下嘴唇，上唇自然抿起，露出嘴角小梨渦，彷彿非如此不可。

她非常專注的聽，耳朵朝向空氣接收什麼的認真，下巴微仰，眼睛眨都沒眨。

他曾經想過，如果自己也看不見，一群人之中，該怎麼尋找她，或許她發出「噢」尾音，他會找到她。

「說實在，吐司很淡，不配個咖啡也吞不下，夾個芋泥紅豆餡或是培根肉的變種吐司，勉強能接受，白吐司根本就是無聊的麵包……沒想到妳會喜歡。」

他的世界不是植物就是烹飪，小萱聽到麵包與內餡的搭配，不自覺又笑瞇了眼。

她的話不多，他顧自發表對吐司的看法，剛好將沉默填滿。他盯著她的臉，她不會知道。他們站在麵包店門口，聊了一會兒，說要來麵包店的是她，不過，她好像不急著進去。

「聽妳這麼說，我就放心啦，可以進去了。」

他自然地牽起她，他只想到這個方法帶領她，她卻讓手從他的手中鬆脫，並急切地說：「我不是一出生就看不見噢。小時候，眼睛漸漸只剩下模糊視力，還記得，爸爸帶我去麵包店記住麵包的樣子。橢圓形的海綿蛋糕很柔軟，圓圓的波蘿，上面有點突起的疙瘩……」

「啊，那是個還不流行讓顧客試吃的年代，吐司倒是每家麵包店都有賣。」

「你說得沒錯。爸爸抓著我的手說，這是瘦瘦長長的法國麵包和香蒜，還有胖胖硬硬的雜糧麵包，甜甜圈中央有空洞。手指是我的眼睛，但是，我分不清奶油麵包和紅豆麵包，光滑的表皮都塗上蛋黃汁，都是圓圓的。」

「所有的麵包都被妳摸過？」他說完，旋即懊惱自己又吐出一句蠢話。如果她看得見他，再也不會喜歡吃麵包吧。

「對啊。整個下午，按按這個，掐掐那個，摸過的麵包，爸爸都買下了。那天回家，爸爸心情不好，他話很少，我聽見他很小聲和媽媽說，這孩子記不住麵包的樣子，以後怎麼買自己想吃的麵包。」

「現在想吃什麼麵包都可以試吃，天上的爸爸應該放心了。」

「是啊。」她甜甜的笑起來，眼睛彎成美麗弧度，像是看見了什麼。

「我也放心啦，可以進去囉。」

聽到這話，她眼神忽然有點空洞，停頓了幾秒，她的手很自然握著他手肘後面，彷彿她的舵，徐徐轉向回憶的輪廓。

玻璃門開開關關，香氣緩緩飄散，每一次，像送出不同訊息的視窗，呼喚著她的答案。

吳偉進站在小萱身旁，模仿她的眼睛，眨也不眨。

他的腦海首先出現，頂樓空蕩蕩的房間，他們曾經在一起的生活，有黏膩，有爭吵。

或許他一直待在佳韻身邊不是為了愛她，更大的成分，他是愛自己。佳韻卻早他一步想通這個道理。

她默默搬走所有的東西，留下他，是為了讓他離開那個地方。

他注視著玻璃門，好像也看見了什麼……

•

那天之後，吳偉進就盡量克制自己不去想佳韻，不想就不顯得窩囊，難道沒有這個女人就活不下去嗎？

大約是佳韻離開後一週，覺得自己快要撐不下去時，他總是打電話給小萱。

他隱約發覺自己這樣倚賴小萱，有點變態，她下班後還要繼續客服，況且他連客戶都稱不上，連朋友都稱不上，充其量他只是朋友的朋友。但聽見她甜甜的聲音，像打了強心針，暫時呼吸到氧，有點力氣再撐到明天，再一天。

如果佳韻回來，他要強調這段時間如何將小萱當成生命線而不是情色服務，當他這麼說，佳韻肯定會說，都什麼時候了，男人只會幻想這麼猥褻的事。

這時手機忽然響起，不是佳韻。

望著螢幕顯示的陌生號碼，他想也有可能是她借用別人的桌機打來的，於是他接通這幾天來唯一的來電。

電話那端才吐出第一句話，他無法抑制失望，他立即從床上跳起，使盡全力咒罵：「幹——不管你要借錢給我，還是我借錢沒還，都不可能，去死去死——」

他垂著頭用盡力氣擠出這些話，不是第一次了，這一年來，除了佳韻，只有詐騙集團不放棄他，一次次打電話給他。

有時是哭喊救命的不存在的兒女，或是正經八百告知根本沒辦過的信用卡帳戶轉帳金額有誤，就算他不接電話，還有自動送上門的快遞員氣急敗壞要他簽名，結果他沒簽名隔天老宋倒是幫忙代收，兩人被佳韻罵得狗血淋頭……她說從不買網拍哪來的包裹，結果是老宋拿去報警了事。

這些存心騙人的還能倚賴自我察覺，警醒著全身而退，最讓人無法防備的是認定他絕對不可能欺瞞你的親朋好友，也只能當作這回借你一筆救急的錢財，也算結清親緣關係的感念情義，再也沒有下一回了。他就是那個讓人防不勝防的騙子。

他拉上窗簾，這麼好的天氣，下午四點了。他轉個身繼續剛剛被電話中斷的睡眠。

如果佳韻在家，肯定會說把被子拿出去曬曬，不要浪費熱情的陽光啊。

再次查看手機的通話紀錄，嘆了口氣，全都是他單向打給佳韻小美人，她好狠心，存心不回家，也不回電話。

今天市場休市，清潔工作可以偷懶，他待在頂樓的房間已整整一天，彷彿是花盆底部潮濕的苔癬，腥臭，但是沒人看見，湊合著過也就過了。

剛剛老宋拿來一個壞掉的電鍋，要他修修，他哪會修啊，結果老宋又開始講那些老掉牙的故事。

他知道老宋只要資源回收日固定會去巷口尋寶，多半是撿拾別人丟棄的物品，掉漆缺腳的凳子、扁平的瑜珈球、少了外蓋的電風扇，這些撿回去也是囤積在家裡變成垃圾的東西，真不知道老宋一直撿個不停是什麼病？

「什麼病？思鄉病相思病啊，年輕人哪裡懂得啊，我們當年啊，苦哇，哪像現在啊⋯⋯」

這話題必須停止，不阻止的話，老宋可以沒完沒了說上幾小時，從一九四九年大陸撤退說到古寧頭大戰，再到他的外配把老本全都捲走。人家都吃乾抹淨了，他還是想念人家的好，癡情癡心的老宋真是世間罕有。

吳偉進心想，雖然他交往過的女友不多，像老宋這種舊時代的人，在現代是吃不開的，現在男人就是要壞，夠壞女人才會愛。

不過，即使他也夠壞了，佳韻還是拋棄他，頭也不回地走了。

他從冰箱底層搜出兩個撞凹的濃湯罐頭，煮好湯後丟了幾顆冷凍水餃進去，毫無美感，麵粉大雜燴的口感，囫圇吞完後，他取出手機看看時間，小萱差不多有空講電話了。等過白天等太陽落下，他等的是找個人說話。

「嗨，又是我。」

「噢，我知道。」

最近的開場白毫無創意，不過小萱肯陪他說話他很感謝，儘管她說佳韻姊有交代，無尾熊哥哥可能會耍無賴，一直黏著她，如果想做善事就加減陪他聊聊天吧。

「上次我們聊到，妳還看得見時，最深刻的畫面是什麼？」他很自然脫口而出，才發現這麼問有點殘忍。

「我記得很多深刻的畫面噢。怎麼說呢？就像一個很窮的人，只有兩三件衣服可以穿，不管顏色質料款式我都記得，穿著那件衣服和誰一起經歷什麼事，所有細節我也記得噢。我總是翻來覆去想著這些畫面，要忘記也很難……像是爸爸帶我買麵包那個下午，不知道為什麼，我經常想起這個畫面。嗯，雖然那個時候，我已經快要看不見了。」

「快要看不見？不太懂這個意思……」

「只能看到一點殘餘的光啦。比如說，你從我面前走過，我可以看到有個影子晃過，但是如果你不出聲，我就不會知道你是誰噢。很悲哀對吧。眼睛就像一種可以調整亮度的燈，從光亮亮的一直慢慢轉成朦朧的、模糊的、灰暗的、像在紗簾裡只看到人影晃動……啊，我剛念的這段話是佳韻姊寫的，她將採訪稿傳給我，我從盲用電腦聽到這段話，第一次發現看不見的感覺可以這樣形容，真是傳神。」

小萱提到佳韻寫的文章，家裡還留有好幾本雜誌，上頭有她採訪的專題人物，其中也有盲人那篇。他也是反覆的看，不知為何，那些文字自動轉化成她的聲音，附在耳邊那樣。

像是電影演的邪靈上身，他可以聽見不在同一時空裡想念的人的聲音。這種幻覺讓他很困擾，彷彿活在這個頂樓的人其實已經死掉，離開頂樓的人還活蹦亂跳。

「你覺得我的聲音可愛嗎？」

小萱的聲音將他從胡思亂想的異次元抓回來，耳朵有點發燙，他想今天實在聊得夠久，手機快掛了。

「不只可愛啦。嗯，算是相當好聽的聲音。」

「噢，我聽朋友說可愛是敷衍別人的形容詞，換個說法，如果是好聽的聲音，吳大哥覺得像什麼呢？譬喻一下……」

「像什麼……溫柔啊，有點難形容啦。」

吳偉進搜尋印象中所有讚美聲音的形容詞，卻只能說出溫柔，他想，若是佳韻絕對能十分萬分貼切地說出一長串象徵譬喻什麼的。

「我的聲音是刻意練的噢。有一種職業是配音員，幫動畫或國外演員配音的，像練習唱歌一樣，聲音也能鍛鍊的噢。眼睛看不見，我只剩下聲音了嘛。」

「我的理解沒有佳韻那麼強，是不是……我只是猜想，說錯妳別介意。妳認為好聽的聲音可以當成武器是嗎？」

「武器噢，你的猜想太誇張啦。可能是……我只能用聲音去判斷別人對我好不好，所以多練習發音啊咬字啊，至少大家會說我的聲音好好聽，才不會老是可憐我是個瞎子。」

吳偉進的心跳陡地加速跳了兩拍，第一次聽到小萱稱自己是瞎子。聲音這話題好像越聊越哀傷。他實在不擅長和女孩子聊天，他忽然想起一件關於麵包的小事，聊這個或許可以成功轉移話題。

「我還記得念幼稚園吃過像螺旋的麵包點心，我都叫它蝸牛麵包，裡面灌滿奶油，每次我都捏下螺旋的尾巴，用尾巴當小湯匙，將螺旋開口的奶油，一點一點挖出來先吃掉，最後再吃掉整個蝸牛殼。」

「這種麵包我也很喜歡噢。我吃過一種丹麥麵包外皮的螺旋，內餡是巧克力奶油，超美味。」

太好了，用麵包成功轉移了小萱看不見的哀傷，這通電話可以在愉快的氣氛中結束。

他站起身去倒杯水，走出房門，有點想念宜蘭老家的天空，夜晚的天空，呼吸的味道。

臺北的夜空很難是純然的黑，空氣中沒有泥土的氣味，再怎麼深的暗夜都聽不見蟾蜍的叫聲。

關上房門，關上燈，重新躺回床上，環顧四壁，連一隻壁虎也沒有，蟑螂倒是不少。

他又想到剛剛的對話，或許他的理解錯了也說不定。

還是小萱成功轉移了自己被遺棄的哀傷吧。

11 真正的遺棄是什麼？

這幾天待在時而放晴時而陰雨綿綿的地方，覺得整個人潮濕得像蛞蝓。蛞蝓和蝸牛最大的差異，是背上的殼。蛞蝓是無殼的蝸牛，沒有房子的腹足綱軟體動物。

佳韻對這些生物科普的知識不太關心，偶爾出現在雜誌的專題報導，無聊時會順手翻翻。有次正好翻到某工商雜誌房市持續低迷的專題，內容提到蛞蝓，這個譬喻讓她視線停駐。查詢了蛞蝓的資訊，原來蛞蝓本是有殼的，隨著環境變遷，慢慢退化成小殼，最後殼甚至消失了。

可以順應時代生存的不只是蛞蝓，還有人類，她想。

或者，百年之後，人們和蛞蝓一樣不需要房舍棲身，成為進化版的生物。

佳韻很久沒有這般胡思遐想，來到這裡，腦袋鎮日昏昏沉沉，陷入一種不知白天黑夜的時空。

在礁溪泡了幾天溫泉，皮膚有沒有變好她不清楚，不過，討厭這種滑不溜丟的觸感是確定的。

想到歐洲作家的小說總有溫泉療癒的情節，來自地底脈脈不絕具有療效的泉水，或許它的奇效是將人們所有偽裝剝落，只剩皮膚上的疤和層疊皺紋，讓大家看見原來的自己吧。

「看得見的人，只想看見自己想看見的東西。」

這文謅謅的標題絕對會被主編刷掉吧。佳韻將筆電檔案找出來再次閱讀，下好文案，決意將稿子傳出去，這系列關於盲人工作權的專題也將告一段落。

儘管她還是媒體菜鳥，採訪路上，也看過不少殘疾人士，多的是挾弱自重，一般人的正常在那些人眼裡變成邪惡的存在。

若說小萱和其他弱勢族群有何不同，或者與同類相較一點也不公平，像她好手好腳還能寫幾句話損人，卻老是垂首躲在陰影裡嘆氣。她想自己才是真正的殘疾吧。

結束這篇文章，也結束採訪關係，此後才是真正的朋友。

或者她對朋友的定義異常嚴苛。她一向不與採訪對象有太多私人交往。不過，所有的原則都是參考，她不隸屬任何媒體，至多是對接案案主的誠信，約定時間內完成採訪內容交稿，之後想和誰進一步交往，都不必將媒體的中立與良心時時背在身上。

這種以爆料八卦為主的三流雜誌，公益專題有如曇花一現，銷售數字會立刻讓這類專欄蒸發殆盡的。她也不擔心這期間累積的感情會變質啦。會變的東西就是會變，誰也挽回不了。

離開臺北前，不知怎麼，在小萱家喝了半瓶梅酒，她想和吳偉進分手這事一古腦都說出來了。或許，她想壞掉的他也有機會被修補吧。

這麼一想，覺得自己有幾分可笑，居然還是將人與人的相處作為比較級，像是坐蹺蹺板，瘦子和苗條的各坐一端，忽然來個比自己胖的，是絕對不能一起坐在天平兩端。

她沒有權利為吳偉進決定接下來的人生，更無法為小萱決定善良的水流要往哪裡去，她只能看見當下的自己，在這溫泉鄉苦思下個採訪該怎麼動筆。

●

一連三日，晨起總看見山嵐有如棉花糖飄盪在山谷，不管走到哪就看見標榜溫泉SPA的這個小鎮，就覺得人類真是萬惡。溫泉套房溫泉社區溫泉魚咬腳丫，還有山邊冒出奇怪的鐵皮屋和看不出什麼風格的造景，這還是美麗的溫泉鄉嗎？簡直辜負大自然的恩賜。

算了，即使良辰美景更與何人說，工作工作，她決定打開手機和木子聯絡。

木子是佳韻的大學同學，算不上有好交情那種，唯一交集就是他們都是宜蘭人。

木子姓李，當時班上同時有兩人同姓李，他很爽快地說，大家可以叫他木子，反正他高中的綽號就是木子。

他笑起來分不清五官的臉，皺皺的，當時她就對木子留下深刻印象。一個連自己的名字都可以拋棄，大方地沿用高中時代的綽號，肯定是個念舊重感情的人吧。

大學畢業後卻和木子只在同學會見過一次。佳韻想，這不是木子的問題，是自己薄情，她一向不喜歡參加同學會。

想起以前偶爾課間要訂飲料和披薩口味，或是選聚餐地點，木子會投女生這邊的票，總是被男生唾棄叛徒是也。木子根本不在乎同儕的評價，總是哼哼冷笑帶過，那個有義氣的瞬間，她和他交換的眼神不帶任何情感，頂多就是同鄉情誼吧。

這幾年，同學傳來傳去的耳語，說木子辭掉工作宅在家，又說木子繼承大筆遺產，還說木子劈腿搞外遇離婚了。

一個男人正值盛年不工作，家庭婚姻都有問題，感覺可以挖點新聞來寫。她不僅是薄情，簡直無情到底，為了工作利用同學無極限。

離開臺北前，佳韻臨時打電話給木子有個專題需要幫忙，他沒多問什麼，考慮幾秒鐘就答應採訪。她有點莫名感動，彷彿畢業後斷開訊號的網路再度連結了。

掛上電話，不到一小時，他們就坐在礁溪人氣最旺、網路激推的餐廳。木子怕她找不著他家，還特別從宜蘭開車過來，這種男人必備的溫柔貼心他也是有的，實在讓她百思不著為何會離婚收場。

面對面不到五分鐘，看著木子，佳韻實在坐立難安。

並非是兩年不見他突然發福或是出言不遜，若要說讓她忐忑的原因，應該是他的性格丕變，怎麼會變成這副模樣？這人是大學時代那個木子嗎？

「還是一個人住嗎？對了，後來，妳找到妳媽沒有？」

她不敢相信自己的耳朵，兩年不見，這人怎麼可以若無其事就往同學最痛的地方戳。

沒有。兩個問題都是否定的。她冷冷地回答。

木子聽見這答案，沒吱聲，只是皺著眉拈起麵包碎屑，又用餐紙擦拭他那一半桌面，甚至把餐盤刀叉集體往胸膛挪近了幾公分。

他說話時目光下垂，若無其事地繼續整理著幾乎快被擦破的桌巾，撫平每個突起的摺痕。佳韻覺得他這些小動作看起來很討厭，像是刻意要激怒她那樣。

木子終於抬起頭望向她，眉毛往上一挑，一副等她回話的耐心快要燒完的神情。

她不想解釋太多，跟誰住是她的自由，或許他從誰那裡聽到她曾和別人同居也說不定。

回想兩年前的同學會，她無意識喝光一公杯不知是誰帶來的金門高粱，後來又玩起真心話大冒險的老哏，「最想見到的人」，本來是逼問出同學們當年搞曖昧還是被劈腿的對象，頓時大家在日本料理店的包廂裡追打笑鬧的尖叫聲……

據說，一陣混亂之中，本來已經醉倒在榻榻米的她，忽然直起身來，搶走別人手上的麥克風大喊大叫，我想見我媽——我想我媽啦——幹嘛離家出走——為什麼——

據說，此後同學群組開始瘋傳她媽離家出走的各種怪奇版本，連她從未想過的驚異奇巧的情節都浮現了。她覺得丟臉至極，自此就退出Line群組，這些傳說都透過木子的郵件轉述，他們雖不是青梅竹馬那類關係密切，他卻說自己還賴在那群組不退，不過是想看看這些謠言還能傳播到多離譜。

「我要跟誰住干你屁事，犯了哪條法嗎？」她刻意模糊找不到母親的部分，何況與誰同住毋須跟誰解釋。

「我的資訊還停留在兩年前妳說房東很爛想找房子搬家啊。」

「你記性這麼好幹嘛——」她支著下巴丟給他一個白眼。

「一秒就暴怒欸，果然是瘋子韻。我記得有次妳在女舍和室友吵架，書啊檯燈杯子的都從窗戶扔出來，那次真是天崩地裂，就為了找不著一張照片……不誇張，男舍這邊大家都知道大名鼎鼎恰查某瘋子韻。」

「我只有那張照片，你們到底有沒有同理心啊。」

「拜託——都二十一世紀了，妳不說誰會知道，數位影像都有檔案，誰知那張是骨董，還是黑白底片拍的，忽然莫名其妙為了照片和閨密翻臉真的超怪的。老實說……本來不想答應採訪，妳也知道，出名的難相處就是我，想到瘋子韻說媽媽已經失蹤很久了。想到這件事，就拒絕不了。我還是很暖男啊。妳說是不是？」

「拜託——沒有人在自稱暖男，這要別人認可才行……」

服務生剛好過來加水，話題就暫時收束在這裡。她也記得他在為數不多的電郵裡這麼說，「誰都有難言之隱，不想被人知道的事，自己不小心說出來，神隱也不是個辦法，為什麼不面對它？」

那封信之後，整整兩年，她選擇已讀不面對，畢竟她母親也是這樣選擇，人生大概很多時候都說不清楚為什麼不能面對。

存在於虛擬世界的木子比真人版的木子還善解人意，佳韻忍不住這麼想。

至少郵件裡的他也不會逼她面對什麼，偶爾轉寄一些保健養生的資訊過來，同學群組裡的木子也是盡貼一些早安午安晚安的長輩圖，本來她以為他刻意反串長輩搞笑，如今看來，剛滿三十的他言談也是個老人無誤。

「對了，妳在電話裡說，要採訪我什麼不上班靠爸靠媽的，妳又不是不知道，我爸早嗝屁，我倒覺得現在是我媽靠我才是……」

他淡淡說著這些人生變故，像是發生在別人身上，他只是順便剛好也經歷了。佳韻直勾勾盯著他，發覺他正經起來說話的時候，五官分明看起來倒是挺順眼。

「你媽？她……怎麼了？」她怯怯地問。

「三年前中風癱瘓在床，就是我結婚那年，剛開始神智還算清醒，但不到一年已經不認得我了。」

「啊……真抱歉，我不知道你……，唉……」

佳韻嘴裡表示歉意，腦子卻飛快將原來擬好的「宅在家五年靠爸靠媽打算就這樣過了一生？」改成「靠爸靠媽閃邊去，宅男大翻身為癱瘓母犧牲一生？」

嗯，暫時用這個標題，主編應該也會同意，這比原來的挖角小人物藏身處靠爸靠媽報導更是感人熱淚啊。

她正陶醉自己冰雪聰明隨機改變採訪策略，木子已嘩啦啦說了一串，「幹嘛抱歉，不必對我抱歉，沒必要啦。不是熟人，我不說明現況，就是怕說出來，太多人羨慕我。」

「羨慕？誰會這樣……」她硬生生吞下「缺德」二字。

兩個標題沒有修改的就是問號，佳韻懷疑，並有強烈的預感，他不可能堅持到底。漫漫人生，他才三十歲啊，難道真要這樣過一生？

「你是自願靠爸靠媽的嘛。你得照顧你媽媽，對嗎？好辛苦！難怪你老婆……」

話說到一半，木子初次停下擦整桌面的手，有點微微顫抖的手指伸過來快速握了一下她的。

「妳知道……我。妳知道人的手有多少細菌嗎？幾十萬幾百萬啊。由衷感謝，妳懂我。」

儘管他的謝意還是夾棍帶棒，但他沒說出的艱難是靠著爸媽遺留的房子和金錢去過一個滿布荊棘的人生，這一路先是母親不言不語的沉默了，接著是在銀行順利升遷至主管的妻子不到兩年也離開了。

他喃喃訴說，母親癱瘓在床還伴隨癲癇症與失智症，照顧病人不是雇請外勞或看護方能省事，得注意許多微小細節，諸如天氣、溼度，病人的表情、聲音等變化。

一開始也雇有外籍看護幫忙照料母親，但他母親多次感染便高燒不退、白血球指數高居不下，醫院的病危通知單也是厚厚一疊。獨子的重任是必須讓母親好好的活著，於他而言，過日子難處還比不上年節難纏的親友蜻蜓點水飛來探視檢測問答。

最終他成為一個對人或事物都過敏的人，也只能這樣讓自己無塵無垢的與母親繼續生活。

「我前妻說，我不過是個沒有用的人，拿照顧母親當藉口。她那時這麼說，我真想立刻去死。生或死，我不在乎。但想了想，還是得為了我媽活著，這大概是我唯一有用的地方。」

木子說到這，他不再是那個過往她所熟悉的大學同學。

佳韻從來不曾想過父母若是老去的境況。她能為他們做的事，完全不曾出現在目前或未來的人生規劃之中。

她最擅長的只是掐住一些微小事件，去懲罰成長過程忽略她的父親，以及在她幼年驟然失蹤的母親。

●

屬於她這一半桌面並不雜亂，但鵝黃口布髒皺得像隨手扔在路上的油漬紙袋，剛剛切割炭烤雞排的手勁明顯不到位，有塊雞皮頑強地沾黏在青花菜上，放回桌上的水杯力道不夠細膩讓桌布濡濕了幾行水痕……

她居然開始對每個細節充滿懷疑，她討厭自己這樣。

難道，他不覺得挑剔這些細節會影響他人心情？

「拜託你好不好？不要一直整理桌子，又不是服務生。」

「妳提醒我了，弄得這麼乾淨，他們也不會少收我一成服務費。」

同學會後再次見面那次，就發現他常不斷洗手、擦手、抹乳液，他把自己區隔在這個世界之外，這幾個動作讓人莫名厭惡，彷彿我們隔著懸崖峽谷遙望彼端。

「除了和我寫Mail，還有和其他同學聯絡嗎？」

「只會挖人瘡疤，哪有閒情逸致和那些假鬼假怪的人往來，妳不覺得，我們的失敗就是他們的勳章嗎？」

他說我們的失敗。她在這句話底下，心跳漏了一拍。

原來是同類聚會，失敗者互相取暖，這個採訪是這樣啊。

「誰跟你一樣失敗，我還是有在工作，雖然賺得不多……」她虛弱的反擊，但話也不能說得理直氣壯，她也是來挖他瘡疤貼在自己身上的同學。

「對，說到失敗，全系上我最失敗，有人說我孤僻，說我宅到極點，說我啃老靠爸靠媽……妳信嗎？失敗沒什麼不好，真的，就已經在谷底，不會有比失敗更差的狀況了，妳說對不對？」

不會有比失敗更差的狀況了。剛剛漏一拍的心跳，在這句話補回原來的頻率，不，這讓她覺得自己從未真正認識眼前這個同學。

「今天會做完全部採訪嗎？我出門一趟，非常不簡單，妳無法想像要準備多久？我皮膚很容易過敏，但其他的器官好得很，尤其是我的……心，還很年輕。」

「嘖，還吐得出幹話，這點的確沒變。」

木子說其實是這兩年皮膚嚴重過敏，要防範日常變化，不小心沾染到塵埃不免渾身發癢，癢到抓破皮流血也是常有之事，所以諸事小心是必要的。

難怪從約個餐廳到聚餐時間木子多有堅持，繁瑣難搞不足以形容。身體過敏有多麻煩，她無法體會，或者和她回到宜蘭老家的過敏差不多吧。

她一回到那老房子就渾身不對勁，那地方連多呼吸幾秒都讓人快氣絕休克。她一向希望自己無感無溫，敏銳實在很磨人心志。

採訪之前，問過幾個同學都說他變了，說他離婚以後連去便利商店和女店員說個話都會結巴，不但皮膚敏感，對女人也過敏了。

關於結巴，她想他化成灰也會竭力為自己辯白，多半省話，懶得說，大學時他不就這樣，要不冷眼旁觀，要不出聲相對，絕對力求損人利己收場。

「妳看我人不人鬼不鬼，整天阿宅不上班不工作，但我還參加同學會啊。他們居然說我孤僻，甚至，我還記得要合群哪。」

「跟鬼合群啦你。」她差點脫口而出你都離婚了，兩人生活都過不下去還合群個屁。

不過兩年沒見，只要幾句話便能瞬間勾起嫌惡情緒，木子真可說是一路走來始終如一。

想到前幾天郵件往返，他倒是多了點謙遜，這讓佳韻不由啟動提防詐騙的神經末梢，寫信這人太不像他了。

接下來信件往復不知該任由他談論離婚生活，或是無視此話題只要討論採訪主題？雖一起修過課也幾次同組做報告，和他不算相熟到可掏心挖肺說心事，一切細節模糊到得努力回想才能勉強拼湊個樣子。

「往事不要再提啦，那些事一點都不重要，如果不是妳提起，早就忘光了。」

他邊將瓷盤中的殘餚排列成行伍邊說著。有種錯覺，似乎他剛吃下的食物在整齊如列後會立刻從他嘴裡吐出來，還原成不曾被切割的植物獸類，還原成種子和奔跑的物種，卻還原不了大學時代她所認識的木子。

「林佳韻，其實太過乾淨也沒啥意思，有時候還是得當個髒人，妳是不是這麼想……我也是能耐得住髒亂，身上這件外套看得出有兩天沒洗嗎？」

「兩天沒洗很正常好嗎？你是不是有潔癖？」

她看他不只是潔癖，簡直是個神經病，但這話不好直說。

「我從不否認有病啊。這是我的外出服啦，髒到底就算了。為了保護世界，我可以獻出自己。」

恍若基因改造被錯置的異形人種，她面前這個老同學，以過敏姿態敘述他的日常。

有高度潔癖同時又能放任自己骯髒，難不成是能屈能伸的救世主嗎？他的回應越是白爛無知，越顯現和他對話機關算盡的佳韻才是無知之人。

分明孤僻還要強說自己不孤僻，但他死拖活拉也趕來會會老同學，這麼說來，他好像又不孤僻了。

木子這時倒是看出她滿腦子困惑，開始細說一些照顧病中老母的細節。他說外套髒沒關係，那只是與外界相處的一層皮毛。他通常一回家會站在玄關把衣服脫光丟到黑色垃圾袋，洗頭洗澡，接著趴在地板上一路擦掉從玄關走到浴室的痕跡。

他像處理高危險汙染物那樣處理自己。他強調，每天喔。

每天喔。那個提高的尾音讓佳韻想起看不見的女孩，小萱會說成每天噢。女孩的口吻讓上揚的聲音俏皮可愛，三十歲的男人這麼說就是噁心。

她不能發脾氣，還得耐住性子聽他說故事，他是採訪對象。

他坐在對面敘述著怪異生活，佳韻卻越聽越迷惘。兩年前日本料理店的同學會，不到十五個人出席，他看起來還算正常，也有可能沒坐在他附近，還感受不到他的怪。

「那天，我記得有人吐在榻榻米上，你看到不就要抓狂了？」她說的不是酒後吐真情的自己，而是平常優雅動人的系花，一直被系上那兩個在電視臺發展的菁英分子猛灌清酒，她還沒醉倒之前可是沒錯過那場好戲。

「喔，妳發瘋後睡倒在角落，不會發現我提早離開啦。表姊不能在我家留太晚，晚上沒人照顧我媽可不行，所以在停車場就提早換裝，免得一回家那些清潔動作嚇壞我表姊。」

「怎麼辦？沒想到我也會被你感動到，我好怕自己不能客觀下筆……」

「說這麼多，夠妳寫了吧。換我問問妳好了。這兩年，照顧我媽，有很多時間胡思亂想，真的是亂想，把很多事情翻來覆去的想，連妳和妳媽的事我也順便想了一下。」

「哼，你還真是時間多……」

「宅在家的人別的沒有，就是時間多啊。說真的，要離開自己的小孩，不知道要有多大的決心，我是很佩服妳媽啦，勇敢做自己，我沒有這個勇氣，我沒法丟下我媽。」

木子到底明不明白什麼是真正的遺棄？

她不知道像那樣不負責任拋家棄女的人有什麼好敬佩？

你根本不知道被遺棄的人有多悲哀，那不是勇氣，是懦弱。

她深吸一口氣，什麼也不想說。

無論是無尾熊，或是久遠以前離家的母親，她太了解不能面對失敗和痛苦的弱者，總是不顧一切轉身離開——

「妳媽一直沒有消息嗎？當然我知道一個人走到現在也很辛苦，妳媽也可能苦苦思念著女兒啊。或許時間一久，她已經不敢回家也說不定。」

他的時間多到可以同理另一位離家出走的母親，真了不起。

她不知該怎麼和眼前的老同學說清楚，他和她感受到的愛，完全不同。

你什麼都不懂——那些需要有人抱著……就算是無意義的安慰都可以，教我不要理會別人的閒言閒語就算是騙我都好……

你不知道——少了她，光是想著自己要活著都很悲哀，想到她也是一個人活著要有多努力，就更悲哀。我連……怪她，都沒力氣了。至少……你還看得到你媽……

佳韻很想不顧一切這麼說，但她忍住了，這不過是採訪，她沒必要和他交心。

「你難道從來沒有覺得夠了，我做得已經夠多了，你就把媽媽送去安養院，可以三五天去看她啊，你為什麼不去過自己的生活，你媽會想要你日子過成這樣嗎？」

看木子那悻悻然的嘴臉，一臉忍不住痛苦，她脫口而出的話便去讓他痛苦，她覺得自己必須挖出一些真相。

「說實在的，我不是沒想過一走了之，畢竟，我媽也不會怪我，妳說對吧。她完全沒感覺嘛。」

佳韻定定地望著木子，沒想到他也曾想過遺棄。

是啊，沒有人會責怪這麼孝順的兒子，不惜離婚斷送前途也要獨力照顧母親，堅持這麼久，他只是累了。

他無意識轉動桌上的胡椒罐，篩漏般的洞口卡著許多結塊的胡椒粉，她斜睨他的表情，那視線不在這不夠乾淨的調味料罐子，而在他躺在家裡的媽媽臉上。那是一張非常白皙的臉，擁有嬰兒皮膚的細緻肌理，他剛給她看過手機裡的照片。

她不敢多看。她說不清那張臉透露的訊息，介於病和死的模糊地帶，時間倒數的感覺。她想到離家到了不知名遠方的母親，那是一張什麼樣的臉。

他還能這樣看顧著不能移動不能言語的母親，而她，只有虛空的想像。

一上大學，她再也不願回到宜蘭老家，只想離那裡越遠越好。偶爾打電話給父親，確認他還安好，父親說怎樣都好。

她感覺自己和母親離群索居恍若孤魂，至少這點很相像，竟有一絲安慰。

存在時光廢墟的她，光會隱藏在人群中堅強的伎倆，梗在心裡過不去的往事，如同被紙張割裂的傷口，一道淡淡的疤就在那裡。每回望一次，便提醒著那個完全不想倚靠父母而活下去的自己。

現在聽到他與癱瘓老母相處的日子，她了解自己不想倚靠的不過是愛與善良。

「我跟妳說個祕密，以前我最瞧不起那種公子哥兒，想不到我現在也成為那種人，哈，妳看看每個同學都害怕景氣差被裁員，只有我，不愁吃喝。」

他說現在的自己對社會的人際關係無感，油電雙漲無感，甚至有沒有活著都無感。他的潔癖來自於必須盡量讓自己保持無菌狀態，因為長期癱瘓臥床的老母親，他必須活著照顧她，說話給她聽，讓母親覺得必須活著，為兒子而活著。

他只在意自己乾不乾淨。為了母親，他必須這樣靠著她活著。

他不會再去做任何工作，照顧母親就是他此生最需要做好的一件重要的事。最後，木子這麼說。

「好羨慕你。」最後佳韻也和其他同學一樣說出這句話。

此生最需要做好的事情，可以簡約到僅剩一件，她的確由衷感到羨慕。

她望著球鞋底下黏著一束免洗筷的塑膠套，或許是來餐廳的路上經過夜市的巷子沾黏上的，那截透明塑膠跟了她多久，木子必定看見了。

他察覺了也不告訴她。佳韻想，這的確是屬於她的髒亂，不是他的。

12 只想看見自己想看見的

走進寵物店，有家的感覺，感覺有生物一起呼吸，寂寞輕了一點。

佳韻搬走以後，吳偉進常在公寓附近亂走。最近他常來這家寵物店……狗貓熱帶魚鬥魚烏龜兔子天竺鼠，還有刺蝟。等待主人帶回家豢養的小動物，看起來既可愛又無辜，安靜的活潑的，歇斯底里的，各種姿態。

人要有錢有時間，才能做另一種生物的主宰吧。養育子女，他母親說是上輩子相欠債，像他這種活得亂七八糟的人，一輩子都不可能建立這種養育關係。

他又無端想起宜蘭的老媽媽，心情惡劣，信步走到寵物店旁的檳榔攤買了罐臺啤，癱坐在店外的長椅，髒汙流露酸臭味的墨色運動服，披頭散髮一臉鬍碴，像個沒有未來的流浪漢。

一罐啤酒是醉不了人的，腳下散亂的菸蒂有如發黑的蛆蟲，他的球鞋無意識一截截輾出菸屁股的肚腸，地面一片狼藉。他又開始抽菸，本來是沒錢沒得抽自然就戒掉，現在一拿到打掃市場的工錢，攤商還會送他一些蔬果熟食，一個人吃飽喝足，有點餘裕，他又有了抽菸的念頭。

剛才有對情侶經過，他們嫌惡皺眉斜睨，男子步行的位置立即換到靠近他這側，右手一把摟著女子快速閃入寵物店的自動門內。

他從鼻孔哼氣回敬他們，按開手機一看，半夜三點，這時間情侶相偕來二十四小時營業的寵物店也是令人匪夷所思。不過，他也沒立場猜測別人的動機，自己坐在這裡喝酒發呆更令人側目。

手機裡還是沒有顯示任何來自佳韻的訊息。點開通話紀錄，整排名字都是他打給她，單向，孤單的隱喻。

他發現長椅下面有張餐廳的ＤＭ，反正閒著沒事，撿起來仔細地看，季節限定和雙人組合的套餐，還有家庭分享餐，兩人同行一人免費的下午茶，無法抗拒這些優惠就找個伴侶只為享受口腹之欲，絕對是過於相信命運或白癡行為……。

他想，這是一個人沒法去的餐廳。時間往前推，上次去餐廳已經是半個月前的事，還是和佳韻、小萱去的小酒館。

他再次查看手機的通話紀錄，整排名字都是打給佳韻小美人，他想如果她一直不回電話不回訊息，那就代表堅決分手的意念。

什麼都不說，的確像她的風格。他仔細思考，有兩種可能，一是怕他死纏爛打，二是不怕他死纏爛打。

他想到前一陣子發生了恐怖情人分手不成，被分的那一方潑硫酸事件，當時他們曾激烈地討論這件事。

基於記者本能，她說以死威脅對方玉石俱焚的人和不定時炸彈沒兩樣。相處的時候就應該提高警覺，任何行為異常都要小心應對，千萬不要認為瘋狂舉動是浪漫，把占有欲和控制狂當作愛到極致的證明。她扯著喉嚨越說越激昂，好像吃過恐怖情人的苦頭那樣。

「妳現在的樣子就有點像新聞裡的恐怖情人欸。」他開玩笑地捏捏佳韻的臉。

「不要嘻皮笑臉——我是認真在討論……我跟你，都沒那個恐怖情人的潛力啦。要分手，就乾脆一點，千萬不要哭哭啼啼、藕斷絲連，我最怕這樣。」

為什麼怕？當時他還不知道真正害怕的是什麼。

「就沒有愛了，沒有愛，什麼都不是，強求也沒用。」她轉過身來，點著他的鼻子說。

佳韻的分手宣言忽然閃進腦海。原來，已經什麼都不是了。

他很遲鈍，尤其在她面前，愛不愛的，他很少說出來，總覺得自己矮她一截，說什麼話都沒分量。

沒有愛，就什麼都不是了。佳韻已預先約法三章，只有他還留在原地徘徊。

●

頂樓是不能再住下去了，雖然老宋沒趕他走也沒說要收房租，也不代表老好人要做慈善免費收留。

最近陸續有人上來看房間，他不是傻子，不久，兩間房間都會租出去，屆時他又是無家可歸的無尾熊。

他想起剛搬來和佳韻同住時，她總愛取笑他，沒有樹抱的無尾熊，一點都不可愛，無尾熊就是抱著樹還能睡著的阿呆模樣才萌啊。

最近經常想起往事，躲在頂樓居然安然無事挺過一年，他有點懷疑被通緝這件事，是不是妄想？

有一次偷偷撥了那支熟悉的電話號碼，是母親的手機。鈴聲響起，恍惚間彷彿聽到思念已久的聲音，他忙不迭掛斷。一直牢記的號碼，有時會無意識沾著水寫在頂樓水泥地上。那手機是他買給她的，網內互打免費網路還吃到飽。

母親總擔心他工作太晚加班到天亮，睡不安穩又吃不好，身體撐不住。天下所有母親會操心的事她都操心。最後，他乾脆帶母親去辦了一支手機，讓她隨時可以找到他。

「哎喲——你這个死囡仔，你莫閣無彩錢矣。」

母親嘴巴這麼說，還是用漂亮的臺灣花布縫了個手機袋掛在胸前，寶貝地隨身攜帶，像是攜帶一個隨時會取悅她的兒子。

吳偉進覺得自己離開宜蘭前送給母親的禮物實在太有先見之明，儘管他後來為了躲債而離家，每次做菜時還是會想起母親。

「你有想過，拋棄通緝犯這個身分，你會過什麼樣的生活嗎？」

佳韻曾經這麼問過他。他裝作不在意地回說，當然是帶著妳去環遊世界，不斷出入各國海關，來啊，你們要查驗身分是吧，老子現在是自由人了——正著查反著查倒著查歪著查隨便查。

「神經病，你現在也可以是自由人。」佳韻聽完挑眉給了結論。

話外有話，他不懂，只認為她又話中帶刺，習慣了，寄人籬下給她輕薄幾句又算得了什麼。

「誰不想活得自由自在啦。對了，上次妳採訪街友那文章我看了，多自由啊，我大不了最後就是那樣，也能活。」

「唉，你根本過不了那種日子。你知道人家經歷了什麼？我訪的時候，有些人老病殘的根本不願意被拍，會接受訪問的大多都是身體狀況還可以，有在打零工，感覺對人生還懷抱一絲希望的。你呢？」

談話就在吳偉進無盡的沉默中草草結束。

你呢？佳韻沒說出的話尾，大概就是，年紀輕輕好手好腳，只會躲起來逃避。

你呢？她瞧不起……

孬，沒種，烏龜王八，沒什麼好說的。

他的沉默，是虛偽——

明明心底被激到死火山爆發，遍地岩漿快將他燒毀，卻要忍住憤恨情緒。

無話可說這天，他燉雞湯。

一次又一次剁碎豬雞鴨鵝的骨架，混合著清甜蘿蔔，撈去一蓬蓬棕色浮沫，為自己做雞湯。唯一不同的菜料是他放的是菜頭，母親放的是竹筍。

他記得母親清早去田邊竹子叢用小鋤刀掘開土，斜斜剖開蔓生在竹子下緣的幼嫩的筍寶寶。小時候，他跟去，總覺得母親眼睛裝了探測儀，她總會知道哪株竹子下方有筍。

帶土的筍寶寶在竹籮滾來滾去，他也在清早帶著露珠的田埂滾來滾去，他忙著用裝花瓜的空玻璃罐抓小泥鰍和蝌蚪，一下子踩到爛泥滑進田裡壓扁才抽穗的稻子。母親還得揪著他回家，好氣又好笑地望著渾身髒兮兮的他說，「生雞卵無，放雞屎有。」

直到現在，他都是母親口中那個「生雞卵無，放雞屎有」的兒子。

背著竹籮的母親牽著他的手，回到兩層樓透天厝的亭仔腳，在門口扭開水龍頭，接一盆水，讓他洗淨臉和手腳。母親總能俐落地端起大鋁盆滿滿的水又走到屋後菜園去澆菜，又走回亭仔腳，處理竹籮裡的筍寶寶。拿起香蕉狀的彎刀，從筍尖斜劃一道切口，隨即手腕輕輕旋轉一下，多層筍殼已巧妙地剝落，魔術般的手法，百看不厭。

切開筍，他搶著要剔掉裡面白白的筍膽，母親說要用冷水煮，放點生米一起煮，筍湯才不會苦。小孩子，吃不了苦，沒剔到媽媽來吃。

雞湯香氣是母親的氣味，彷彿偎在宜蘭老家灶臺邊，陪她說話看她做菜。吳偉進不只一次這麼想過，拋棄通緝犯這身分，會過什麼樣的生活……

他想回家，回家吃飯。

不能說出渴望，他羞恥自己貪心蛇吞象，做什麼集資負債拖垮一家人。

他實在不知如何面對宜蘭鄉下的諸親好友，田地房地他父母都賣光幫忙清償債務，再也一無所有，全家住在外婆家囤積稻米的倉庫裡，他再也無處躲藏，總會有更尖酸刻薄的親友跑去外婆家，指著他爸媽罵：「全家攏是諞仙仔，大家毋通予伊騙去，序囡仔放債予大人還——」

他比他們還要難過痛苦，被換帖兄弟騙得最慘的人是他，公司的營利登記和抵押貸款保證人都是他，他後悔自己不該大肆嚷嚷有錢大家賺，應該安分地上下班領一份心安理得的薪水。

他總認為自己給家族帶來恥辱，即使父親什麼都沒說。在他離開家鄉這段時間，父親什麼都沒說的空白，他的想像從未停止折磨他。

他不只一次想著，父親何不破口大罵，何不痛打他一頓，何不斷絕父子關係，何不像小時候他竄改不及格的考卷，父親被老師請到了學校才知道他幹的好事，當場抽出褲頭皮帶咻咻咻將他抽成紅通通的蝦子。

這次卻像陌生人不關痛癢那樣，什麼也沒說，什麼都沒說是放棄吧。

他想起離家前，父親只是這麼跟他說，這世間，只有人會騙人，也只有人會原諒人。

他不是憨仔，他知道，只有父母才會一直原諒孩子。

父親本來從小學工友退休，和母親一起種種菜，日子過得清閒。如果他不堅持和朋友投資開公司，他會去考公務員，會和母親喜歡的那個阿財叔溫柔的孫女談戀愛，或許很快會生小孩，然後母親會為孫子或孫女燉雞湯……

•

佳韻搬走後，吳偉進再沒有留在頂樓繼續住下去的理由，畢竟他是被收留的人，像寄居蟹一樣。她不要自己的殼，他占據這裡也沒意思。

這麼一想，心裡莫名有些輕鬆了，他覺得過去的自己簡直是水蛭，需要宿主才能存活，這種生活是該改變才行。

這幾天他想來想去，如果從頂樓搬走還能往哪裡去？回宜蘭還不是時候，另外租房子付不起租金又有黑戶問題，唯一的辦法還是和熟悉的人分租房間。他決定找小萱商量，那天去她租處，依稀記得長形的客廳好像分布著三個房門。

打零工的人是沒有假日的，好不容易挨到週末，他和小萱約好再度登門拜訪，他電話裡說有要事需要當面講。

小萱噗哧笑出聲來，不知是禮貌上無法拒絕，還是毫無心機的說法，她說可以噢，但是，不能停留太久，下午還有別的約會。

「既然妳還有事，我就有話直說囉。這裡另一間房間能租給我嗎？」雖然很突兀，他也不想繞圈子，還是和小萱開口了。

「噢，你是說放著舊電腦桌和壞掉的床架那間……呃，那間噢，是可以，但是房租要五千塊，吳大哥你可以嗎？」

他聽得出她話裡有些遲疑，大概聽佳韻說過他的狀況，他目前無處可去又不想回去宜蘭，只好厚著臉皮繼續央求小萱。

「是不是因為男生不方便？我跟妳保證不會對妳造成困擾，我打算去找夜班的工作，妳白天上班，我晚上上班，我們不會碰到對方，我就只是想要一個可以睡覺的地方。這樣可以嗎？」

「噢，吳大哥，你誤會我的意思了。我以前也和明眼人一起住，四個人一起分租一層公寓噢。我喜歡和明眼人一起住，很有安全感呢。只是協會還有個女孩說好來看房間，我問問她要不要跟我同住一間，我房間比較大，可以擺兩張單人床，我想她會同意，畢竟比較省錢嘛。」

原來小萱曾和明眼人一起住過，本以為肯定會被拒絕，置之死地而後生，還好拉下臉問了她。他不過是她好朋友的前男友，嚴格來說，他們的交情是建立在佳韻分上，其實可以不理會這要求。

「有人說過妳很善良，心腸很好嗎？妳要懂得保護自己，這社會壞人很多……不要勉強自己，我會再去找地方住，還有壞人通常會裝作好人的樣子，妳根本分辨不出來。」雖然他根本沒立場說什麼，卻還是忍不住想說。

「有人說過我很漂亮噢，因為大家第一眼看見的都是外表，善良是看不見的吧。對，我爸爸以前也跟我說過類似的話，好像是好人做壞事的時候，你根本不會發現。」

吳偉進吸吸鼻子，感覺被小萱的話打中一拳，環顧四周，他忽然發現房子裡有點暗。

他看到桌上放著雜誌感到困惑，翻到有標籤紙那一頁，念出標題的文案，「平淡的語言，是生活裡的呼吸，謊言的魔力，能讓生活的呼吸變成甜蜜。」

再仔細一看，那篇文章是佳韻寫的，而且這頁還有突起的點字記號，他問這是佳韻拿來的雜誌嗎？為什麼特別有點字？

「那個啊，我和佳韻姊說想讀她寫的文章，她上次來採訪就送我一本，然後我就拿去無障礙協會請義工幫忙打上點字，這樣才能讀噢。」

原來是這樣。他想到或許自己有了存在的意義了。

他整理了一下想法，或許就像點字一樣，站在她旁邊，當她的眼睛。可是，這麼一說，可能會讓她驚慌，以為他有什麼企圖也說不定。

如果他們誰也不說話，這個空間就是一片寂靜，難怪小萱經常說，拜託發出聲音，不然聽不到狀況……

他按下心中所想，吐出的話卻是，「妳知道我長什麼樣嗎？妳可以摸摸看，不要靠聲音推測。」

吳偉進這麼說著，同時將頭靠過去，小萱點點頭說好，伸出手，憑空抓了把空氣，才觸摸到他的臉。

首先是頭髮，她說髮質粗粗的，還綁了小馬尾呢。接著雙手捧著他的臉，她說，啊，下巴方方的，臉型也方方的。

他笑出聲，打趣說，我媽肚子是方的吧，出生就這樣了。

她手指輕按著眉毛和眼窩，讚揚他濃眉大眼肯定很會放電。

「等下，妳又看不見，怎麼知道男人放電是怎樣？」他皺眉說。

「這個情報你漏掉了噢，我十三歲才漸漸看不見，還沒失明以前，我爸我堂哥表哥的眼睛可是比你還要勾人噢，誰說我不知道。」

「等下……妳是說妳爸的眼睛是看得見的？我好像有聽佳韻說過，妳媽媽和妳一樣是盲人，但我不知道妳爸不是。」吳偉進驚訝的嘴張得大大的，將一個雞蛋直接丟進去都沒問題。

小萱氣定神閒地回說，沒錯，爸爸是明眼人，聽無尾熊大哥的語氣好像很吃驚噢。

當那個噢的尾音出現，有點搖晃了他先前訝異的情緒，現在他倒是有點佩服這個女孩，好似看遍大風大浪再也沒有什麼事情可以驚動她。

他不是很了解小萱爸爸和看不見的媽媽這個組合，但是要和盲人結婚肯定周圍的人全都唱衰吧。實在太有勇氣了。他讚賞著說。

「我有逼問過爸爸和媽媽的戀愛，他是說，他喜歡保護女生，一直以來媽媽都過得很辛苦，需要一個真正的好人保護她，那個人就是他噢。聽起來是不是很像偶像劇的情節？」

小萱側著頭，耳朵的天線又露出來，等著接收他的回應。

吳偉進點點頭，隨即又發現這樣不行，他提高音量說，「其實我可以了解妳爸的想法欸。男生都是這樣啊。看到柔弱的女生會激起他保護的欲望，那就像花和葉子的關係。」

「這樣噢。那個無尾熊大哥，你真的很愛植物。還有，不用這麼大聲，我聽得很清楚噢。呵呵……」小萱手掩著嘴，噗哧的笑出聲來。

後來，兩人實在該聊的都聊完，吳偉進也不好意思留在那裡太久，再次表明絕對不要因為他想分租房間而困擾，他會想其他方法，或許也會回去宜蘭看看父母。

小萱聽到他要回宜蘭，眼睛頓時一亮，雖然她看不見卻真的從眼珠裡散發出光彩那樣，她連聲說，太好了，太好了，是應該回家了。爸爸媽媽應該也很想你噢。

吳偉進心裡浮現一股異樣的感覺，她的反應和佳韻截然不同啊。過去這一年，佳韻總是以譏諷或嘲笑的口吻，逼他面對現實，小萱則是溫柔和緩的幾句話就化開他糾結的心緒。

離開小萱的住處後，不一會兒就坐上公車，他想著那天，她也是搭這一線公車回家，同樣的路程對看得見的人不過小菜一碟，對她而言，要花多少時間才能熟悉而且不能出錯的安全返家。

他筆直地注視著擠在公車旁的摩托車，戴著全罩安全帽的騎士正急切催著油門鑽入前面汽車側邊，後面那臺重機也蠢蠢欲動想補上前面空虛的位置。有太多無法預測的情況，這次沒有發生，不代表下次不會發生，他終於了解為什麼每次佳韻採訪小萱回來，總是稍微改變了一些想法，漸漸的，變成另一個不熟悉的她。

他取出手機再次查看訊息，重複這個動作一百次，佳韻會不會回來？

他嘴角抽動，為自己的天真苦笑，拉著吊環穿著制服的少女斜睨他一眼，又轉過頭去和同學嘻笑。

公車上，塞滿了剛放學的少女，他想起這附近好像有一所女子高中，不過平常很少在這個時間搭公車，頓時整個空間蒸騰著費洛蒙讓他有點忐忑難安。

少女們呼吸急促胸部起伏的樣子，不由讓他想起小萱。他知道在她家這樣盯著她臆想很不正派，不過她不可能發現他的眼光，剛才也就放心地注視了一會兒。

一上車的確沒位置坐，經過捷運站後忽地清空半個車廂，他慣性地走到最後一排，看著面對面的座椅有個少女已安座，沒有太多猶豫的時間，公車迅速啟動了，最後他還是在少女的對面坐下來。

洋溢青春的高中女生，真的只有水水嫩嫩的少女才叫做青春啊，她正塞著耳機聽音樂，雙手捧著手機，手指和眼睛專注忙碌，不會分神注意他，這是他安心坐下的唯一理由。

他早已無法將自己攤現在他人視野裡，也不能自信地迎接陌生眼光。雖然舟車萍水對方也不會多問什麼，光是解讀眼神傳遞的訊息就讓人覺得自卑。他還慣性防禦那些喜歡調查祖宗八代婚姻工作薪水多少的鄰居歐巴桑自助餐老闆娘，盡量減少眼神交流、少說勾起他人好奇心的話題，錯開多數人作息的時間活動。不知不覺將自己活成一隻陰溝老鼠，躲躲藏藏，過著不見天日的生活。

不過，他還是鼓足勇氣坐在少女面前。少女充滿膠原蛋白的臉龐很容易讓人分心，無法閃躲的狀況下，他先是專心望著窗外，像是要將窗玻璃穿透融化那種專注的程度。不到三分鐘，覺得眼睛很疲倦，眼角餘光一瞥，她已經睡著了。

少女雪白制服下，胸口汗漬的痕跡，微微滲出胸罩上緣蕾絲的形狀。她的側臉有點神似小萱。他下意識閉上雙眼，在腦海中重組影像。

老實說，他也是正常的男人，也幻想過和盲女做愛，他想或許會很刺激。

首先，小萱會用無比靈巧的手指，一吋一吋緩慢地觸摸他，眼耳鼻嘴下巴喉結胸膛手臂臀部陽具……在黑暗中不再需要眼睛……她和他彷彿能看見彼此……認識小萱後，他不知不覺也有了看不見的習慣。

不對——看不見對小萱而言不是習慣，而是她先天的不足，她不得不和平共處。

他想到和佳韻做愛時，她總要關燈，一片漆黑中，她熟悉地撫觸著他身上每個部位，也不需要光，他能看到黑暗中佳韻存在的輪廓。

原來在那個時候他們也曾是盲人啊。瞬間，他覺得喉嚨乾渴起來，他趕緊按下車鈴，在公寓的前一站衝下車。

●

醒來，躺在床上透過虛掩的窗朝外望，日頭已高掛。

這應該是最後一天待在這個頂樓。昨晚他已經將房間打掃完畢，其實也沒什麼東西，佳韻離開後，最需要清理出去的只剩下他。

望著鵝掌藤上的白色斑點，又開始從葉尖往葉脈蔓延，吳偉進不自覺煩躁，總是這樣，將要整個壞掉的訊息，又不能裝作看不見。

他抓起整株鵝掌藤，徒手折斷根莖，丟進垃圾袋裡。接著他將頂樓上所有的盆栽，奄奄一息的馬拉巴栗、黃金葛、薄荷葉全都連根拔起連同土壤全都丟進垃圾袋。

沒有希望的植物和人一樣不值得活。清理完這些，背起所有行李，一個他從一樓的資源回收箱撿來的格子布製的小登機箱。當時從宜蘭為了逃債倉促出走，隨身只帶了手機，還是只有預付卡功能智障手機，行李箱的內衣褲襪子T恤和長褲，都是這一年來在菜市場買的便宜貨。

他的需求很低，衣服只要可以遮蔽羞恥的部位即可，食物有得吃就吃，沒得吃就練習饑荒來演練耐力。最近已經沒有佳韻帶回的小七報廢品，他已經兩天只靠著喝水睡覺度過那些胡思亂想的時間。

昨天他從回收場大哥那邊得到發傳單的臨時工作。這不是他第一次，時不時總是有派發傳單的差事，當天發完兩千張，一小時一百，當天領薪。

傳單這種東西，大概發個十幾張就會擊潰一個人的自尊。他總感覺路人每雙手都牢牢地藏在口袋裡，不輕易露出手指，不肯接過一張紙，因為那是垃圾啊。連擦身而過的眼神都帶著腐敗酸臭的氣味，冷漠地從他面前走過……。

一起發傳單的打工仔，高中生、大學生、歐巴桑和他這種看似滄桑的大叔都有，有人說可以混進去住商混合的大樓塞信箱，但大部分會被管理員趕走，還有人說發不完丟捷運站垃圾桶或乾脆帶回家，有個神情總是很溫柔的阿姨淡淡地微笑說，如果背面是空白的更好，她都拿去住家附近認識的幼稚園給小朋友畫圖。

佳韻總說派傳單超級不環保，二十一世紀根本是網路資訊爆炸的年代，誰會因為拿到傳單去衝動消費的。她這麼說也沒錯，但派發傳單總讓他想起以前念高中，早起派報的那兩年。

宜蘭鄉下訂閱報紙的人不多，整個村落的訂戶他都認識，清晨四點就開始沿著海邊產業道路的漁市到派出所那一帶，佳韻家也在那邊，接著是逼近村落中心的土地公廟的訂戶最集中，然後是外圍田地散落的幾戶人家。

大概是整理派報的過程，也要夾放傳單的關係，他以為早已遺忘的回憶，不知為何，閉上眼睛派報的路線自然浮現。

昨天發剩的傳單還剩一大疊，他打算和以前一樣送給老宋墊湯鍋，髒了就抽掉上面，下面還是乾淨的。老宋喜歡不用錢的東西，小七報廢品吃不下送給他也喜歡，房子裡堆滿了他這輩子撿拾的物品，搖晃傾斜的家具缺了提把的水桶堆到天花板的書報雜誌……

老宋好像沒什麼朋友，至少他從未看過有誰來找他，不過他倒是將自己住的地方打理得還算乾淨，雖然堆滿雜物。他讀過佳韻帶回來的雜誌，上面提到很多獨居老人經濟能力還不錯，但不願意麻煩別人，也沒有社交，表面上看起來沒什麼異狀，最後就「孤獨死」了。

他有時甚至產生錯覺，老宋像他的宜蘭老父，從頭到腳都會關照他。不過，老宋是比較聒譟的那個版本。

他父親活得很壓抑，一輩子在田裡低頭耕作，老來還得在村子為兒子騙人錢到處低頭。老母的天就是他老父，所以低頭的事都得乘二，雙倍。每當他想起他們，真的很想去死。他這種人死不足惜，生雞蛋無，放雞屎有……可是父母會更難過傷心。

老宋曾幾次跟他說，部隊剛撤退來臺灣，好幾次都想回老家想得快去跳海，可是，想到父母會難過傷心，他就忍住了。不肖已經罪孽深重，不能再讓父母傷心。

他暗暗想著，他這樣的人也只能苟活。即使一輩子都得偷偷摸摸不見天日，他都得活著，為了父母活著。

經過五樓老宋家門，按了電鈴，等了等，沒人開門。雖然知道老宋耳背，但他還是有點擔心，側耳傾聽屋內的動靜，聽見老宋大叫「笨——蓋他火鍋啦」。

那是老宋看ＮＢＡ大喊的聲音，他笑了笑，將一疊十公分厚度的傳單擺在門口，想想樓梯間有窗，可能會被風吹成天女散花，又把老宋放在腳踏墊上的舊皮鞋拿來鎮住。他為自己的貼心莫名微笑，這就算是不告而別最後的謝禮吧。

一層層步行而下，三樓轉角的頂燈照舊是壞的，視線陡然暗去，有沒有光對他沒有影響，閉著眼都能抵達一樓。

今早收拾房間時，他已經打消去小萱那裡的想法。他的頭腦不像佳韻那麼靈光，無論多複雜的事情她在電腦上打打字，就能理出頭緒。他想了整晚，非常後悔，前幾天不該提出分租房間的事，肯定讓這個看不見的女孩非常為難。

如果他真的搬去和小萱住在一起，不過是幫無處可逃的自己再找一個地方藏匿。

在那黑暗的世界裡，他會想要一直保護她，他知道自己一向喜歡柔弱可愛的女孩，他可以躲在她看不見的眼睛後面，她不會看見他有多脆弱。

走到一樓，他轉身帶上朱紅色鐵門，門鎖喀嚓乾脆地滑進門框。這個他聽了快一年的關門聲，是最後歡送他離開頂樓的句號。

想到這裡，居然有點傷感，這不像他的個性。或許在臺北，已慢慢被磨蝕了些什麼，具體說不出是什麼，總之，他不再是那個離開家鄉走投無路的人了。

有個曾經收留他的朋友，不，是他最愛的女孩住在這裡，在他最需要容身之處的時候。

13 如同眼睛看不到的東西

一個人忽然憑空消失，存心不和誰聯絡，大概誰也不會發現這城市少了一個人。

那個誰，是雜誌社主編或是便利店店長，還有無尾熊。

佳韻看著手機裡上百通未接來電，一開始每天十幾通，後來漸漸稀少，兩三天一通，這幾天已經不再閃爍固定的來電號碼。

他放棄了。很好。這也是她離開吳偉進的目的。

沒有她，他就必須倚靠自己走出去。

離開頂樓，像個人樣走出去。

趁著去礁溪，她回了一趟宜蘭海邊老家，精確來說，以前住的老房子早已拆掉，她去的是位於海邊的快炒店，父親現在都住在那裡。

不知為什麼，聽到父親說有建商收購整排老房子要蓋什麼度假村，他看大家都同意，也就簽了合約，那完全不留戀的神情，看起來很真。

她有點生氣，即使再怎麼討厭那個老家，也不能這麼乾脆說不要就不要了。

回憶呢？那個房子還有她小時候的回憶，雖然不是全部美好，還有關於母親的，都可以隨隨便便丟棄了嗎？

「建商給的條件還不錯，那些錢剛好拿來整建餐廳，妳看——現在不是快炒店了，是餐廳，還有二樓。真正的二樓，不是鐵皮加蓋喔。」

「你……小心被建商騙，合約在哪，拿來我看看。」

可能是父親更老了一點，她沒法像以前那樣悶聲不吭，她發現自己可以稍微平心靜氣說話了。

佳韻想，人終其一生恐懼的是在這世界沒有容身之處，所以拚命賺錢買房置地，這一代有房不夠還要確保下一代衣食無憂。父親決然賣掉有頂樓的老房子，是他不再被往事困鎖了嗎？

她記得小時候，也會賴在父親身邊，踮著腳，問個不停，這是什麼，那是什麼。

父親在廚房洗菜切菜備料忙得團團轉，偶爾丟給她裝飾的番茄花和蘋果兔子，就能閉上嘴巴安安靜靜自己玩一會兒。如果時間可以任意迴轉，想要返回的時光再也不可能回來了。

不知道還要多久，她才能若無其事向父親問起母親。她在餐廳後面爸爸闢出的小房間，看到母親抱著她在海邊玩沙子的照片還壓在桌上玻璃墊下，照片的色澤隨著時間褪色，蔚藍天空蒙上灰影，但壓得扁扁的一切，還留在回憶裡。

或許在爸爸那裡，也有屬於他的儀式，他並不是全然的軟弱。一個是他老父一個是老婆，再怎麼剛硬的鐵，日復一日都化成柔軟的金屬了。

柔軟的金屬大約是揣著一顆包著鐵皮的心，這位父親為了唯一的女兒，在傷心的海岸，仍然日復一日，拌炒一道道沒有家人來品嘗的海鮮料理。

她第一次感覺有父親存在的土地，有點踏實，彷彿恆久植被在海邊的防風林，靠近了，就能稍微抵擋刺骨刮臉的海風吹襲。

媽媽肯定不知道離家後，過不了多久，爺爺在頂樓掛了個繩結也離開了。她想過，即使媽媽那時可以忍耐，宜蘭這個家會不會還在？她會不會擁有一個和目前迥然不同的人生？

此時，佳韻驚覺心中想的是自己那個人生，不是媽媽的。

現在的她不會希望媽媽隱忍過日，她閱讀過排山倒海的家暴案例，那些沒有逃出家的女人們，為了孩子可以吞下肉體和心靈的疼痛，為了自己卻不能忍，忍不下一口氣的不是尋死就是和孩子雙雙走上絕路。

忍耐不了沒什麼丟臉的，離家出走也沒關係，她不會想要這樣行屍走肉般的媽媽。

只要媽媽還在某個地方好好活著，那就好了。

•

走在沿海的產業道路，很久沒有被海風包圍的頭髮衣裙和身體，無一例外沾染著鹹鹹海味。

剛剛店裡還有兩桌客人，菜才出到一半，看來父親還要忙上一陣，廚房或招呼打理店面她都幫不上忙。想想既然都回到宜蘭了，回臺北之前還有時間，順道去無尾熊家裡轉轉看看也好。

無尾熊家距離海邊餐廳不遠，這個小村落，路途不遠步行也要半小時。想起他一年前告訴她犯了罪，那嚴肅的樣子，好像還是不久之前的事。

「妳知道，我可能被很多人告了，是詐欺犯嗎？」

「你騙了別人什麼嗎？不就是要大家來投資你，怎麼確定自己一定被告了？」

「我不是故意要騙，嚴格來說，是我被騙。我朋友說要一起創業開公司，我認真的想要做點成績出來，我爸媽老是說我沒用，只想做好高騖遠的事，但我是真的努力在弄這間公司，做報價單去經銷商送樣品，不管大小事都盡量自己做。不知道為什麼，最後增資時，一堆親戚朋友都衝來我家，說我扮豬吃老虎，騙了他們的退休金和一生積蓄。」

「喔，那又怎樣？」

「怎樣？不是發生在妳身上，妳覺得這很輕鬆嗎？還不出錢，一堆人說要告我，要我爸賣田賣房子還債啊——後來，我爸就故意把我的東西全都扔到馬路上，說要跟我斷絕父子關係，永遠不想看到我……」

她從來不覺得誰的人生是輕鬆的，就連啣著金湯匙出生的人也有煩惱，生而為人，這漫長人生，基本上就是要來受苦吧。那天，是他第一次坦白這事，那暗溝老鼠人人喊打的過去。

她一時也不知怎麼安慰他。說安慰也不對，聽來就是個鄉村青年奮發向上的故事，若有錯就是錯在太天真，公司一下子擴充太快，太容易相信朋友的話，結果資金出了問題，大家都跑了，他只好傻愣呆地扛這爛攤子。

沿路胡亂想著和無尾熊還住在一起時，很多次話到嘴邊又硬生生吞回去，她其實很想問他，為什麼從來不主動問她為何都不回宜蘭？

其實也用不著他問，她三五天便會替他問問自己，有家不回的人和孤魂野鬼差不多。

回到了沒有母親沒有爺爺的地方，這個出生地並未改變太多，過兩年海邊會蓋一排天殺的度假村，她的家會整個消失，這樣的地方還能稱得上是家鄉嗎？

她不知道未來自己會變成怎樣，倒是先預知自己出生成長的地方會變成怎樣，真是荒謬。

有次她和父親講完電話，趁著話勢問過無尾熊，難道不想家，不擔心老父老母？

他雖然老是死鴨子嘴硬說，幹了那些讓祖宗丟臉詐騙親友投資的事，要詛咒他死也是沒話好說，更何況就算他上吊跳海消失在地球上，家人早已放棄他了，就算他死在外頭也不會為他掉一滴淚吧。

一個人無法好死只能賴活著，不免會想些有的沒的，像是空氣一樣消失都沒人在乎，想起來，也是會為他辛酸。

走到無尾熊家那條小路之前，還想著偷偷從住屋外頭的圍牆瞅一眼就好，最好不要讓吳爸吳媽發現。一面低著頭踢著產業小路上的石子，一面打定主意這麼做時，卻迎面遇上他們，兩人正挑著菜簍，看起來剛從田裡回來，簍子裡滿滿的長蔥。這一帶都種一樣的蔥，鄉人說是價錢好。

「那不是韻啊，好久不見捏，何時轉回來了？」

吳爸的宜蘭腔國語，聽來好懷念，他和吳媽媽放下簍子，三人站在田邊小路閒話起家常。主要就是問結婚沒，在哪裡工作，長大了越來越漂亮。另外，沒忘了提起整個村落鬧到要炸鍋的建商收購老房子蓋度假村這等大事，聽說她父親已經同意要賣，誰誰誰都同意了，還卡在誰誰誰堅持不賣……

最後，吳媽拉著她的手，問到了無尾熊，要佳韻看在同鄉的分上，有遇到他，要幫他。

「阿進仔，死腦筋，如果有在臺北遇到，跟他說，要回家，我們承租人家的蔥仔田，收入還可以。不要怕人討債，賣厝賣田還得差不多了，他朋友也有出來承擔，他沒有被通緝，他知道嗎？跟他說，要回家。」說著說著，吳媽的眼尾泛出淚光。

吳爸拍拍老婆，要她別再說了，還說兒子想通了就會回家，趁他們還能做還能動，就鍛鍊好自己，保持健康，等兒子回家。

佳韻不知該說什麼安慰他們，實話和謊話，都沒法自然地說出來。

無尾熊其實有點像她父親，遇事只會逃避，逃到哪兒都好。

她父親天天逃到快炒店，將生病且精神異常的老父丟給妻子照料，無尾熊是丟下債務讓年邁的父母面對，自己逃到臺北窩在女友租來的頂樓。躲藏著，過一天是一天，就是不願讓現實淹沒自己。

現實很殘酷，但不是洪水猛獸，真正要恐懼的是，養在心裡的怪獸，日以繼夜餵養成毀滅自己的魔。但是，父親和無尾熊卻看不見心裡的魔。

一直以來，遇到這些著魔的男人，她以為自己愛著他們，或者，她心裡也養著看不見的魔。

「韻啊，你阿母正經攏沒聯絡？唉，這年頭，好人最會騙人，憨憨被騙你還是相信伊是好人，你說，這款好人有厲害沒？」

吳爸口中另一個人很好、心眼很實的人說的是佳韻的母親。十幾年沒聽過有人說她母親的事，像是這個人是存在傳說裡，有種不太真實的感覺。

這件事她也曾聽父親細瑣的說過，當時母親大概是想存私房錢，偷偷加了吳爸的互助會，還交代別讓林家的親朋好友知曉，沒想到不到半年，村裡一向公認菩薩心腸長年茹素的阿葉嬸標到會後，全家連夜搬離宜蘭，會頭吳爸只得咬牙吃下阿葉嬸死會的份子，而且連同自己的兩份，日子過得一塊錢得打千萬結來使。

之後又發生無尾熊鼓吹親友投資公司這事演變成詐騙案件，吳爸只是一遍又一遍說著，「阿進仔跟偶一樣不會騙人，該偶們還的，偶們都會還。」吳爸操著不流利的國語一說再說。

佳韻母親晚阿葉嬸兩個月標到自助會，知道吳爸背著債，就和吳媽說，標到的會錢先給一半就好，還說有款餐廳用的新式大冰箱性能優越，換個冰箱十萬塊也足夠。吳媽感激涕零握著佳韻母親的手，連聲說道她才是真正的好人，救了吳家大小。

吳媽說等稻作收成農會收走稻穀，就有錢還，只是得再寬限幾個月。佳韻母親自然不想望剩餘的十幾萬會錢，那個月帶著那些會錢就走，從此沒有再回過這個村子。

不知為何聽著無尾熊父母談及兒子，談及她消失的母親，佳韻心思飄到遙遠的地方，她在場，又不在場，有種陌生感湧上胸臆。

她和吳爸吳媽說還得趕著回臺北工作便匆匆道別。回家路上，微風吹拂著田野，兩旁拔高的蔥管尖端彷彿張開手指，輕輕朝她揮手。

吳爸說種蔥比種稻要有利潤，宜蘭蔥四季都有不錯的收成。真好，長壞了，每一季都是新的開始呢。人和植物最大差異是生命週期吧。她和吳偉進，都一直困鎖在同一個狀態裡，怎麼活都憋屈。

回到快炒店，方才用餐的顧客已然散去，店裡擺好了一桌家常，那是特別為她準備的。

她像來吃飯的客人一樣坐進位置。她不想說話，心裡想著，最好父親也如往常沉默。

父親仍然在廚房清洗爐臺和炒鍋，不到半小時她已將清炒山蘇、燙小卷悉數吃光，炒飯也顆粒不剩，起身，父親遞過來一袋打包好的砂鍋魚頭。

遲疑了一秒，她伸手接過，視線交疊瞬間，點點頭。

她發現父親難得的微笑。

上車，佳韻撿了靠窗位置坐下。

每次搭車離開宜蘭，她忍不住想像母親離開家的那天，搭上開往城市的客運。那天父親是不是早就發現衣櫥少了衣物，鞋櫃少了兩雙鞋。父親或許早知道也裝成不知道的樣子，讓母親就這樣毫無牽絆地走了。

她現在也都盡量讓自己和母親一樣毫無牽絆地離開。

她和父親都還記得閣樓上那件事，她不知道自己能不能原諒當時懦弱的父親，至少現在還不可以。她垂著眼，安靜地對自己說。

穿過雪隧，不久，脈脈水田和滿山綠意已從視線消失，又要回到人潮擁擠充滿建築物和車輛的地方，她有種做了很漫長的夢的幻覺。

隧道裡明晃晃的照明，光線充足，但有限的視野局限在封閉空間，她的身體裡湧出無法順暢呼吸的感覺。

她索性閉上眼，想像小萱在漆黑的世界裡。

毫無光的指引，黑，這個顏色果然會吞噬所有色彩。

小萱說過小時候還看得見時，看過紅通通的太陽染紅整片山和海，爸爸特別帶她去海邊看落日，並要她記得這個畫面。當時她隱約知道日後會看不見。

記得描述這些情景的她，單純幸福，像是喜歡眼睛看得到的東西，也如同眼睛看不到那樣，那樣的不捨依戀。

她還說這個世界最讓人留戀的不只是夕陽，還有傍晚的風吹動爸爸襯衫的樣子，爸爸瞇著眼將右手舉起來擋在她的眉間，為她遮住刺眼的陽光，那微笑的樣子。

小萱說，夕陽紅、雞冠紅、水蜜桃紅、蘋果紅，都是不一樣的紅色呢。

佳韻想，那麼黑呢？如果沒有其他顏色去襯托黑，黑是不是也會有不一樣的黑？

「不知道回憶是不是會越來越淡噢，最近，每次回想，爸爸的樣子越來越模糊，幾乎快要記不清楚他的臉了。即使看不見了，我還是會想起眼睛看得到的時候噢。」小萱閉著眼，眼珠在眼皮下骨碌碌轉動著。

如同眼睛看不到的東西，在她的眼底閃爍著死去的光，那些曾經留在瞳孔的影像就仍舊活著吧。

採訪小萱的那段時間，最難忘她描述的畫面，她所說的瞬間如此尋常，尋常到看得見的人從來不會把握。

如果自己只能倚賴著稀少的回憶，在黑暗裡一遍遍複習，這短暫見識過的這個世界，她能活得像小萱那麼理直氣壯嗎？

她有時很厭惡小萱這種努力活著，理直氣壯的活著，不在乎一切的活著……一副反正就是在黑暗裡了，再怎麼爛泥也不會比看不見更糟了。

那麼，她呢？

即使明知自己都是睜眼瞎子，渾渾噩噩，不知道未來在哪，看到太陽下山會慌，每一天都一事無成的浪費掉了。還是要繼續活著過每一天，才知道會不會浪費，不是嗎？

採訪盲眼女孩「看得見的人，只想看見自己想看見的東西」，還有木子那篇「靠爸靠媽閃邊去，宅男大翻身為癱瘓母犧牲一生？」這兩篇訪稿讓主編很滿意，改都沒改原稿照登，甚至決定將佳韻納入人物組班底。

「妳說不想來上班，想寫小說這個事，我想過了。田野調查對寫小說也很重要是吧，以後每週交一篇人物稿，不用每天來公司，編輯部給妳個位置，有固定薪和津貼，開會時記得出現，詳細工作合約再發信給妳，考慮看看……」電話裡短暫停頓了一兩秒，主編繼續說，「這種機會不是常有，要知道把握啦。」

他正經八百說著田野調查和小說的關係，她頓時發現自己好像真的必須去寫那本小說了。給固定薪這事謝謝再聯絡吧，當初她不就是受不了那家三流雜誌只會自編自導假新聞，才辭掉正職。

小人物專題可以在這本雜誌活多久，還是未知數。已知的是，她還是原來的她。

看不見的真相還是存在那裡，不會因為她為這本雜誌賣命工作而改變什麼。

穿過隧道，就是萬家燈火的城市了。從遠處眺望蜿蜒燈河，她不由精神一振，大家都趕赴某個目標，看起來很有希望啊。

她忽然想起該給吳偉進打通電話，告訴他，他徹頭徹尾被自己的妄想騙得團團轉，也該找時間回家看看爸媽。

拿起手機點開通訊錄，在無尾熊的名字，距離零點一公分時，指尖兀自停頓了。

她得好好想想，這通電話該怎麼說？總不能沒頭沒腦打過去卻說不出真正想說的話。

高速公路開始壅塞，窗內玻璃泛起一層霧氣，她伸出食指在上頭無意識亂畫，窗外看不出有多冷，聽說跨年時又有大陸冷氣團來襲。她揉揉鼻子望向上方，巴士空調一路很給力，明明已經將送風鈕旋上，蓋著風衣外套仍覺得陣陣寒意。

在巴士最後一排的位置，僅有她一人，輾轉反側，左想右思，渾身逐漸發冷也沒想出什麼說詞。

驀然，她打消通電話的念頭。

分手不就是一拍兩散，又能說出什麼發人深省的話去改變他的人生。她決定發簡訊來結束這一回合。

前幾天去礁溪採訪，順便回宜蘭老家，路上巧遇你爸媽，你爸說你朋友也有出面承擔一些，債務差不多解決了。吳媽媽說你沒有被通緝，你是自由的。要你有空回家一趟。

仔細揀選合適的字眼，反覆又看了兩遍，才按下確定送出。

「唉……林佳韻，妳越來越棒了——我覺得妳這樣處理很好，講電話是想要讓人家難堪，還是想舊情復燃呢。就這樣吧。」她喃喃地為自己喝彩。

傳好簡訊後，睡意仍然不知遊走何方，一會兒，從交流道轉向高架橋，車子將駛進臺北了。

•

這個城市的冬季，緩慢漸寒，單純的冷，也有那種冷到腳趾凍僵仍毫無知覺。上半身和下半身像是北極圈和阿拉斯加的溫度。厭惡感不分上下。

她不由想起以往在宜蘭度過的冬天，那裡的風簡直如入無人之境，恣意呼嘯。空曠的冷和盆地裡的冷，相似的竟然是孤獨的感覺。

小雪的時節，這節氣宜蘭那邊都在準備一期稻作的育苗了。臺北只有無盡的冷。尤其是腳底，簌簌鑽上來寒意的訊息，又迅速撤退留下麻木。

她下意識走到雜誌社附近的夜市覓食，擦肩而過的一群高中生嚷著要衝哪場演場會、去哪聚餐、跨年的作戰策略……她毫不關心，拎著滷味和手搖飲料慢慢走回公司。騎樓下，有些人瑟縮脖子、戴著口罩，面無表情錯身而過。她想想，也掏出包包裡的口罩戴起來。

她其實不太清楚別人的表情，有時也不想讓別人看見自己的臉，戴著口罩，感覺就不需要建立虛偽的情感。

在小七打工，她也常這樣戴起口罩，大家便不能攻擊女生的妝化得很爛，也不必擔心表錯情，反而偶爾有人會關心她是不是常感冒。

明白的表示，「我就是虛偽」，這是她喜歡臺北的原因之一。

找新住處，慌亂幾日，回到這城市第一件事，她打算去雜誌社發個稿，順便將相機和錄音筆交回編輯組。

雜誌社辦公室還留有幾盞小燈，桌面散落著書籍和樣稿，看不出誰在趕工，編輯部靠牆角落零散著睡袋和薄被，也看不出是誰扔在那分不清是淡黃或乳黃的襯衫。她前一陣子進雜誌社就看見皺巴巴的襯衫像個虛脫人形躺在那，或許那是某同事隨時陣亡的證據也說不定。

記得以前在另一家雜誌社，半夜隨時有別組的同事拖著疲憊的身軀和器材返回辦公室，在電腦前擠出最後一點電力寫稿，雜誌社就和小七一樣二十四小時無休。她有點厭倦這樣的生活。

推開辦公室的隔音窗，拖著長長的引擎車聲和左近夜市的食物氣味立即洶湧進來，遠處大樓閃爍星星點點霓虹微光。

包裹這城市的空氣就是過度進化的文明吧。佳韻不自覺嘆了口氣，又關上窗。

脫掉口罩後，她忽然感到喉嚨乾澀，記得會議室旁的茶水間有一些餅乾飲料什麼的。信步走到那裡，拉開櫥櫃，撲面而來各式口味的茶包和三合一咖啡，充滿咖啡因誘惑。英國紅茶、韓國柚子茶、有機玫瑰綠茶……她伸手拿起一小袋洋甘菊舒緩茶，忽然，手指再度停頓——

好像很久沒有偷的念頭。或許精確來說，是大腦這陣子不曾有過偷的意念，手便不會接收到騷動的訊號。

偷這個指令，彷彿傳遞不到手指已經全部石化，化為粉塵，揮發在異次元的空間了。

她有點竊喜，喜悅也是經過時間，隨手偷來的。

如同眼睛看不到的東西。她的手，手腕微微轉了角度，撫過整櫃茶包，這盒那盒彈奏著，慢慢的扣上櫃子。

需要的時候，誰在你身旁？

——專訪凌明玉

崔舜華

Q：小說中包含著一些對照組的設定，包括明眼人（佳韻）與盲人（小萱）、自由人（佳韻）與通緝犯（吳偉進）、異鄉（臺北）與家鄉（宜蘭）；而最大也是最終的對比，就是藏身與現身之間的動態——但我覺得，小說中的藏匿與現形，是一種相對的敘述而非絕對的固定位置，是否每個人都需要不時地處於藏身／現身的快速轉換之中？

A：我跟村上春樹一樣，寫小說不列故事大綱，讀到《身為職業小說家》時其實感到很欣慰，不然會一直覺得自己不夠敬業。所以寫《藏身》時，剛開始完全不知道要寫什麼，只有佳韻、小萱、吳偉進這三個主角是我想去描寫的。

我現在是自由的文字工作者，也曾經長期地朝九晚五上班，辭去正職後也做過SOHO，做SOHO時，即使不用上班，卻無法擺脫某種欺騙自己的感覺——我知道自己心裡渴望創作，但房貸、小孩、家務讓我比上班時更忙碌。後來轉向專職寫作，壓力依舊很大，心底會認定每一分鐘都必須有產值，否則就有很深的罪惡感。即使已步入中年，不需再為生活勞苦，依舊擺脫不了失敗感，旅行途中也都在寫稿，夜深人靜時也無法對自己示弱，因為一旦承認，自己都會輕視自己。

關於對照，當然是有的，例如寫小說的我，其實是隱藏在「兩個女兒的母親」這個角色的背後，當女兒生病，或是遇到需要媽媽出席的場合，我才知覺原來「母親」與「寫作者」這兩種角色在我身上的拉鋸，而前者經常取得勝利。

我想每個人都有兩種以上的身分要切換，無論在工作上或人際關係裡都一樣。當我描寫這批年輕人時，很容易聯想到自己，以及身為「人」的這種生物是多麼地口是心非、心口不一，表面上迎向這個世界，實際上即使獨處也無法誠實面對自己。但無論藏身或是現身，我想傳遞給讀者的是，這些人物的處境與時空位置會隨著人物的心境轉換而移動，人物的潛意識自會帶領著他們往某個原本他們逃避或抗拒的方向前進、某種「非如此不可」的方向，某些不可逆之物，例如血緣，例如家鄉，這些暫時隱身但必要的元素，就像《CSI犯罪現場》裡演的那樣：在一疊便條紙用鉛筆塗塗抹抹，白紙上便浮現了圖像或線索。

Q：小說中對盲人的生活形式有非常生動詳盡的描述，從日常起居到心理活動都充滿了個人化細節；根據後記的敘述，是否因受到採訪盲人家庭的觸動，而想要設定小萱這樣的角色？其中涵藏著多少田野性質的成分？

A：當初我一整個月貼身採訪一個盲人家庭，花時間觀察她的生活，甚至吃她煮的菜、跟她去教會、逛美食街。小萱這個人物的設定某方面受到這名盲人母親的影響，當時我問她，醫生是否說明小孩很可能遺傳到眼睛的殘疾？她說醫生的回答很模糊（那是間鄉下小診所），但她信仰基督，她相信身為母親，即使看不見小孩的容貌，也必定能愛自己的孩子，她說「這就是媽媽」。那時候我的孩子剛上小學，我覺得我身上沒有這麼強大的母性，對我來說，養育小孩和創作自由是衝突的，但這是我選擇的人生。

寫這部小說時，做了更多田野工作，例如去愛盲基金會，諮詢盲人的日常起居，也重新整理當初採訪時的筆記跟錄音檔，在盲人家庭裡，時鐘、冰箱、電腦等用品是會說話的，沒有聲音的他們則想辦法辨別，例如衣服顏色用縫線的數量去標記，以及聽車流聲去判定紅燈或綠燈。明眼人太害怕受傷，但盲人無可選擇，所以我描寫盲人的前提是一種無路可退的狀態，只能拚命去做、去求生存。

Q：讀這部小說，其中一個相當使我心有戚戚焉的元素，是年輕人在城市中的生活型態——靠文字餬口、打零工、住頂加、朝不保夕，為了不切實際的夢想（寫小說）而與穩定的日子（固定上下班）作對——我想這應會使許多人產生共鳴。而這與妳自身的經驗是否相彷彿？佳韻這個人物是否因而有了妳自己的身影？

A：佳韻其實沒什麼夢想，「寫小說」是她那個討人厭總編的夢想（這是小說中的隱藏包裹——沒有被寫出來的三流雜誌總編的夢想），她只是最後發覺到，要留在這個城市裡有模有樣地活下去，最好有個夢想。

佳韻這個人物身上確實鑲嵌了我某部分的生命經驗，例如她從事記者工作，我也做過幾次短暫採訪，為了描寫她，做了許多功課，也問了一些同行。佳韻是很堅持媒體正義的，她不屑寫業配稿、常對吳偉進放話要振作，但藏身在她心中的黑洞是離家的母親，靠著想像母親離家後的求生歷程而得到一些力量；寫小說其實是一個雙關的隱喻機關，因為小說就是在虛構他人的生活，也許佳韻還是繼續虛構著母親的人生，她母親也是在這部小說中從未現身的藏身者，而這卻是佳韻與母親唯一能達致和解的狀態。

《藏身》中有許多新聞案件，比如二〇一四年的捷運隨機殺人事件，在寫這部小說的過程中，我愈來愈感到媒體的主導權實在太強大了，但真正關懷弱勢者和傷者的人並非媒體，新聞也未必是真相。有一陣子我曾經成為某件新聞的當事人，那時每一天都在新聞畫面上看到自己的名字出現。也許是曾身受其害的緣故，使我得以很快地進入佳韻的內心世界。

Q：小說中的明眼人似乎都是失敗者，包括吳偉進、佳韻、佳韻的母親、佳韻父親與爺爺，而盲人小萱在各方面卻都相對地超然而清明——妳是否認為感官的殘缺或完整能夠決定我們成為怎麼樣的人？而沐浴在陽光下卻有如盲目的明眼人，與生存在黑暗中但清明無垢的盲人，如果要妳選擇，妳會選擇哪一邊？

A：這很難成為一種選擇，感官殘缺者，不能違背現實的缺陷，只能接受不完美的自己。先天缺陷者容易有防衛心、不願向他人示弱，如果是後天缺陷，則比較容易怨天尤人，原因在於前者因為不曾擁有所以只能接受，而後者曾擁有過完整與健全，不那麼容易能接受命運。確實，明眼人會認為「看得見」是理所當然的，不太可能去選擇另一種人生。

堅強分成兩種，一種真金不倒，我所遇過的殘疾者都非常堅強，因為他們別無選擇；另一種是死鴨子嘴硬，就像身為明眼人的我，我是很容易放棄的個性，連睜眼活著都覺得疲累無比，根本無法想像自己得去過那種需要無比堅毅的人生。寫作《藏身》讓我忽然想起家族裡有兩名後天的殘疾者，小說中佳韻的爺爺是後天才成為盲人，這個角色有點像我的外公；還有一個殘疾者，是某個舅舅，但我只有在年紀很小時跟他們相處過短暫的時間。

Q：對妳來說，除了小說之外，有沒有屬於妳自己的藏身處？這樣的藏身狀態可否形容看看？對妳而言，寫小說的自己，是一種什麼樣的存在？

A：我這幾年都藏身在女兒們的房間裡。我沒有書房，女兒小時候，都在飯桌、茶几上寫小說，等家人回來就趕快收拾去煮飯。小女兒出國念書後，她房間成為我的書房，因為在客廳貓會來搗亂，拖累小說進度。從《看人臉色》、《缺口》到《藏身》，我都是藏身在女兒們的房間寫完的（之前是大女兒先出國念書）。

以前覺得自己可以調適寫小說與不寫小說的兩個我，現在想想，可能是因當時還沒投入長篇，寫短篇較容易抽離，這一篇與下一篇之間存有空隙，但長篇小說得日日操練，隨時保持讓「小說魂」附身，因此寫小說時經常變成生活白癡，家人跟我說什麼話都充耳不聞，也常忘記跟別人的約會。但我並沒有創作焦慮，寫長篇也焦慮不來，太過焦慮會影響體力跟進度，我每天都維持固定產量，一天寫一千字，去旅行時也是，如果生病或當天有事，隔天就補兩千字回來，寫的不見得都是要放在小說情節裡的東西，有的是人物的意識流，或一些場景敘述，不過每天都會寫。

我當然比較喜歡寫小說的自己，可以享受到「活著」這件事的趣味。而不寫小說的時候，我也在觀察「可以用來寫小說」的事件，不然，人生漫漫多無趣啊！

Q：小說中，每個人都有著各自對於家的缺憾，但卻並不去主動、積極地重新構築另一個家，而是選擇流離無家、身無長物——妳對於所謂的家，以及歸家／離家的想法是怎樣的？而妳自己覺得，對一個人來說，真正（最終）的家土應在何方？

A：《缺口》也在探討關於「家」的問題，而《藏身》把《缺口》中那對姊妹的年紀再往前推進，設定成大學畢業、沒有固定工作的階段。我覺得年輕時都會有一段失去著力點的徬徨期，整個人飄飄蕩蕩的，也不敢輕易承諾——連眼前此刻都無法掌握，如何談明天？我也經歷過這樣的時期，我想說的是——我們永遠不會喜歡自己的工作，年輕時不懂這道理——工作就是工作而已。我們必須緩慢地一步步地爬過這一坎，抵達下一個階段，可以應付不喜歡的工作，保留餘裕去想像未來。

《看人臉色》、《缺口》、《藏身》幾乎可稱作年輕世代的三部曲，當然背景不一樣，但都在討論人的歸屬、人與人之間的依存關係。吳偉進和佳韻的軟弱，大部分歸因於現實困頓，佳韻身陷在被母親遺棄的命運裡，她必須找到一個說法，讓自己相信自己不是單方面地被遺棄，她透過採訪家暴案件，得以重新理解母親所遭受的冷暴力和當初的處境，一步步地靠近母親的心理。吳偉進是一個背負罪與罰之人，得有個人勇敢地帶他跨出來，但沒有人敢承擔這種角色，他也許曾擁有年輕人的大無畏，但當他淪為詐欺犯之後，便再也無法擁有夢想，必須給他一段時間讓他足夠地自我懲罰，才能窺見救贖的曙光。當我們感到軟弱時，如果有一個人願意說出「你需要我的時候，我會在」是很重要的，這樣的人可以成為我們的「家」，人會因此變得勇敢。

後記
看見了什麼……

他萬萬不可被找到。當孩子做鬼臉的時候，人們告訴他，如果時鐘敲響，他的臉就會保持這副鬼樣子。

——班雅明〈捉迷藏〉

捉迷藏這件事最有意思的是時空借換。躲藏的時候，空間為你提供了幻術。藏起來的自己，有可能一下子暴露，也有可能當遊戲結束，你仍然沒有被找到。不再屬於現在時間的你，像是待在另一個平行時空，你不知道玩遊戲的人到哪裡去了。當你現身，所有的人都不見了。他們或許回到自己家，也可能展開另一個遊戲。之前存在過的捉迷藏，彷彿不算數，只存在幻想。那麼，你會想，剛剛遊戲中的自己，究竟去了哪裡？

寫作《藏身》的時間與上一本長篇《缺口》重疊，我經常出現捉迷藏的時空錯置感，時而進入小說隱身一隅，時而被鬼抓到，毫不留情驅逐出境。我索性安心在小說之外當鬼抓人。《藏身》卡關一年後，某日忽而抓到了在小說中探頭探腦的人，輪到對方當鬼之後，我終於得以藏身在後，寫下去……

歷時三年，這部有盲眼女孩、文字工作者和詐欺犯的小說終於付梓。完成之際，彷彿福斯特（E. M. Forster）所言：「我們必須願意放棄已計畫好的人生，好讓我們能過正在等待我們的人生。」這本小說的誕生，其實有個很長的故事。

那要回溯十幾年前，生活紊亂，我仍在出版社工作，也零星接一些採訪工作，家和小孩日日成長，唯有小說創作暫停。我以為不再前進的自己僅是出賣靈魂度日，我以為自己其實活著和死去也差不了多少的那段時間，曾經貼身採訪過一個盲人家庭。

一個月內短促而密集的幾次訪談，對於這樣的家庭，給我的震懾是，一對失去視力父母，仍然堅持著以有限的資源支持一個家的日常運作。而我呢，總是怨懟我的家與家人捆綁我想寫小說的心。

盲人媽媽與谷崎潤一郎筆下的春琴一樣，有雙不曾蒙上陰翳的雙眼，採訪她時，我總是盡量減少眨眼，認真注視她，唯恐錯過她沒有說出的幽微細節。每次她回答問題，也總是筆直的凝視著我，漆黑的眼珠時而閃動微光。每一次，我都非常悸動，以為她在某個瞬間看見了什麼。

她從未在我面前示弱，總是一再提醒我，她的尊嚴。一次兩次，採訪結束後，我好像也遺忘自己的尊嚴配合著書寫她們家的故事。坦白說，這不是一次愉快的採訪撰文經驗，我有被霸凌的感覺。

我初次感受到所謂弱者的佩刀，不見血光的殺戮，而且你無法仇視她。

看不見，盲人的世界看似有秩序，亦無秩序可言。譬如時間和空間需要重新被定義，原本計時單位和空間面積，兩者不能等量計算，當空間和時間卻被同時連接，在看不見的時空中，唯一的度量衡是聲音，從近身的聲音判斷這個世界的黑白與是非。

盲人媽媽曾說，聽聲音感到我是很溫暖而誠懇的人，她願意相信我的文字。不是，不是她聽見的那樣，我卻無法說出口。

多年以後，回想她每次說話的眼睛，想起她念茲在茲的尊嚴。她其實也如明眼人一樣，也會心口不一無比堅強看著我，將脆弱隱藏在看不見的眼睛背後。

我一直以為自己非常同理看不見的人，直到開始寫這本小說，才發現自己就是白目的明眼人，自大地以習以為常的經驗值去對比光暗黑白。

寫作《藏身》，直到中途，描述主角掛念的母親，始終藏匿於世界一角，我才發現自己找到了為何執著寫小說而非其他。當主角尋尋覓覓死亡名單，終於能夠同理母親在家庭裡遭受看不見的冷暴力，「同樣離開這個家，淹沒自己會讓她覺得絕望，離家出走到某個不知名的地方，至少還能想像別的可能。」主角終於放下長久以來的不解與怨懟，甚至希望在遙遠他方的母親，不必回來也沒關係。

若說寫小說得以重返某個人生回不去的瞬間，想要放棄一切的瞬間，完成這部長篇時，我知道自己終於可以走出記憶的藏身處了。

寫長篇小說對意志力薄弱的人是最好的慢性處方箋，漫長孤獨地寫著，有時地獄有時幽谷，有太多可以自我放棄的時刻，更讓人了解所謂人的意志多麼禁不起考驗。默默為我看稿的L、Y、C、W，所有的文字因你們而美好。也特別感謝金倫和逸華一直以來對我創作小說不問西東只問結果的支持著，這很重要。

最終，還是很享受寫作《藏身》這三年。每次爬過一個坎，得到一次僥倖，我總會一再摩挲越來越豐厚的列印稿想著，還好當初還是堅持著爬過來了。

怎麼說呢？寫長篇的過程中，我好像重新認識了自己，隱藏的部分，以及這個原本已知的世界。我喜歡這樣寫小說的自己，永遠有新的發現。

當代名家．凌明玉作品集3

藏身

2020年3月初版　　定價：新臺幣390元

著者	凌明玉
叢書主編	陳逸華
校對	施亞蒨
內文排版	極翔企業
封面設計	兒日

出版者	聯經出版事業股份有限公司
地址	新北市汐止區大同路一段369號1樓
叢書編輯電話	(02)86925588轉5305
台北聯經書房	台北市新生南路三段94號
電話	(02)23620308
台中分公司	台中市北區崇德路一段198號
暨門市電話	(04)22312023
台中電子信箱	e-mail：linking2@ms42.hinet.net
郵政劃撥帳戶第	0100559-3號
郵撥電話	(02)23620308
印刷者	世和印製企業有限公司
總經銷	聯合發行股份有限公司
發行所	新北市新店區寶橋路235巷6弄6號2樓
電話	(02)29178022

副總編輯	陳逸華
總經理	陳芝宇
社長	羅國俊
發行人	林載爵

行政院新聞局出版事業登記證局版臺業字第0130號

本書如有缺頁，破損，倒裝請寄回台北聯經書房更換。　ISBN 978-957-08-5489-3 (平裝)
電子信箱：linking@udngroup.com

本書獲 NCAF 國藝會 文學類創作補助

國家圖書館出版品預行編目資料

藏身/凌明玉著．初版．新北市．聯經．2020年3月．
272面．14.8×21公分（當代名家・凌明玉作品集3）
ISBN 978-957-08-5489-3（平裝）

863.57　　109001918